ACG

全国数字媒体动漫游戏专业主干课程标准教材

全国重点动漫游戏名校名师推荐教材

丛书主编：肖永亮

三维动画角色造型设计

薛 峰 洪达未 李 化　　　　　编著
飞思数码产品研发中心　　　　　监制
全国高等学校动漫类教材建设专家委员会专家　　审定

电子工业出版社
Publishing House of Electronics Industry
北京·BEIJING

内 容 简 介

本书采用理论与实例相结合的叙述方法，试图帮助读者迅速掌握三维动画角色造型设计的基本概念和技法，并能够举一反三，创作出需要的动画造型效果。

本书共有 7 章，分别从以下几个方面进行讲解：三维动画造型的流变，通过介绍动画角色造型概念的演化，分析了三维动画造型的特性；三维动画造型设计分类，阐述三维动画发展的状况，以大量内容拓宽读者视野，并从比较中摸索和体会三维动画造型的创作规律；三维动画造型的概念设计，阐述分析动画造型的概念设计，强调在造型设计最初阶段的原创思路的梳理；造型的细化，主要讲述如何在造型的概念的基础上继续细化与完善，从而使造型既具有较好的趣味性又能适应特定的三维制作条件；造型设计的系列化，阐述造型设计的系列化处理，强调以一个最重要的角色作为突破点演绎出相关系列角色造型的技巧；概念造型的效果表现，介绍如何表现各种概念造型；还介绍了三维软件中角色制作的注意点，以帮助读者设计出更好的作品。

本书可作为高等院校、职业院校动画、游戏专业的授课教材使用，也可作为数字娱乐、动漫游戏爱好者的参考书籍，同时还可以作为各类培训班的参考教材。

图书在版编目（CIP）数据

三维动画角色造型设计 / 薛峰，洪达未，李化编著.—北京：电子工业出版社，2009.10
（全国数字媒体动漫游戏专业主干课程标准教材　丛书主编：肖永亮）
ISBN 978-7-121-09247-3

I. 三… II. ①薛…②洪…③李… III.三维－动画－造型设计－高等学校－教材　IV.J218.7

中国版本图书馆 CIP 数据核字（2009）第 116919 号

责任编辑：杨　鸫
印　　刷：北京天宇星印刷厂
装　　订：三河市皇庄路通装订厂
出版发行：电子工业出版社
　　　　　北京市海淀区万寿路 173 信箱　　邮编：100036
开　　本：787×1092　　1/16　　印张：13.75　　字数：371.2 千字
印　　次：2009 年 10 月第 1 次印刷
印　　数：4 000 册　　定价：29.50 元

专家委员会顾问组成员（以下排名不分先后顺序）：

肖永亮	北京师范大学	常光希	吉林动画学院
孙立军	北京电影学院	曹小卉	北京电影学院
廖祥忠	中国传媒大学	路盛章	中国传媒大学
吴冠英	清华大学	丁刚毅	北京理工大学
林 超	中国美术学院	余 轮	福州大学
马克宣	北京大学	吴中海	北京大学
朱明健	武汉理工大学	高春鸣	湖南大学
周晓波	四川美术学院		

专家委员会审读组成员（以下排名不分先后顺序）：

肖永亮（组长）北京师范大学艺术与传媒学院
高薇华　　中国传媒大学
张　骏　　中国传媒大学
李　杰　　中国传媒大学
甄　巍　　北京师范大学艺术与传媒学院
尹武松　　中央民族大学艺术研究所
庄　曜　　南京艺术学院传媒学院
刘言韬　　北京电影学院美术系

编辑委员会名单（以下排名不分先后顺序）：

郭　晶（组长）
何郑燕　王树伟　杨　鸱
魏　莹　侯琦婧　业　蕾

随着中国动漫游戏文化的兴起，动漫游戏已经成为人们娱乐生活的一部分，特别是青少年，对动画片、漫画书和网络游戏的兴趣，转变为他们对时尚生活的强烈追求。动漫游戏新文化运动的产生，起因于新兴数字媒体的迅猛发展。这些新兴媒体的出现，从技术上为包含最大信息量的媒体数字化提供了可能，开辟了广泛的应用领域。在新兴媒体多姿多彩的时代，不仅为新兴艺术提供了新的工具和手段、材料和载体、形式和内容，而且带来了新观念，产生了新思维。动漫游戏已经不是简单概括动画、漫画和游戏三大类艺术形式的简称，它已经流传为一种新的理念，包含了更深的内涵，依附了新的美学价值，带来了新的生活观念，产生了新的经济生长点和广泛的社会效益。动漫新观念，表现在动漫思维方式，它的核心价值是给人们带来欢乐，它的基本手法是艺术夸张，它的主要功能是教化作用，它的无穷魅力在于极端想象力。动漫精神、动漫游戏产业、动漫游戏教育构成了富有中国特色的动漫文化。

动漫游戏产品作为一种文化产品，有图书、报刊、电影、电视、音像制品、舞台剧及网络等多种载体。综合起来看，动漫游戏产业的主体分为几个类别：游戏、漫画（图书、报刊）、动画（电影、电视、音像制品）、动漫舞台剧（专业或业余爱好）和网络动漫（互联网和移动通信）。创意和原创是一切产品开发的基础，漫画创作是艺术风格形成的重要途径，影视动画是产业的主体，动漫舞台剧是产业的延展，网络动漫是产业的支柱，游戏、玩具等周边产品是产业的重心。随着动漫产业的发展，动漫教育应运而生，课程和教材也在整装待发。中国的动漫游戏产业发展，以动漫游戏教育为基础，电视动画为主渠道，以动画电影为标志，以漫画图书为补充，以手机动漫为商机。人才是产业发展的根本，师资是兴办教育的前提，教材是教育培训之本，课程体系和教材是培养人的关键。

北京师范大学是我国培养教师的摇篮，依托学校百年培养人才的学科综合优势，以及教育和心理学科的特色，面对国家文化创意产业发展的需求，成立了京师文化创意产业研究院。京师研究院的工作目标之一，就是研究符合新时代的文化创意产业人才培养模式，以及相关的课程体系和教材。本套教材就是针对动漫游戏产业人才需求和全国相关院校动漫教学的课程教材基本要求，由电子工业出版社与研究院深入研究并系统开发的一套数字媒体动漫游戏专业主干课程标准教材。

首先，基于我们对产业的认识和教育的规律，并搜集整理全国近百家院校的课程设置，从中挑选动、漫、游范围内公共课和骨干课程作为参照。

其次，学习本套教材的用户，还可以申请参加工业和信息化部的"全国信息化工程师岗位技能证书"考试，获得工业和信息化部人才交流中心颁发的"全国信息化工程师岗位技能证书"。本套教材的教学内容符合该认证的考核内容，详情请访问网址 www.fecit.com.cn。

再次，为了便于开展教学或自学，我们为授课老师设计并开发了内容丰富的教学配套资源，包括配套教材、学时分配建议表、考试大纲、视频录像、电子教案、考试题库，以及相关素材资料，为广大教师解决了缺少课件、参考资料的燃眉之急。

本套教材邀请国家多所知名学校的骨干教师组成编审委员会，参与教材的编写和审稿工作。教材采用了理论知识结合实际制作的讲解形式，使设计理念和制作技术完美结合，很好地解决了当前教材中普遍存在的重软件轻设计的问题。教材中的实际制作部分选用了行业中比较成功的实例，由学校教师和行业高手共同完成。教师可以根据学生的学习重点把握好讲解形式和结构安排，行业高手重点讲解实际工作中的经验和技巧，采用这种形式可以提高学生在实际工作中的能力。

另外，本教材考虑到较广的适用范围，力求适合普通高校的本、专科及职业院校和社会培训机构，以及影视、动漫或者数字艺术等相关专业的师生和动漫爱好者使用。通过本套教材的学习，学生可以从事漫画设计、动画编剧、二维和三维动画设计、游戏设计等工作。

最后，我要感谢电子工业出版社对这套教材的大力支持，特别是北京易飞思信息技术有限公司的精心策划和严谨、认真的编辑工作。

京师文化创意产业研究院执行院长

博士

关于丛书

　　随着我国政府对文化创意产业的重视程度日益加强，企业在这方面的用人需求不断增加，在很多职业院校、高等院校中也陆续开设了文化创意产业中的动漫与游戏专业。为了满足动漫与游戏专业院校对课程教材的使用需求，由电子工业出版社与京师文化创意产业研究院共同深入研究并系统开发的"全国数字媒体动漫游戏专业主干课程标准教材"丛书，自 2006 年立项进行规划以来，经过了长时间深入细致的调研、策划、组织编写、审校等工作，终于在 2009 年正式出版了。

　　丛书选题的确定，主要遵循各大院校动漫游相关专业的主干专业课程设计，结合业界漫画、动画、游戏生产中的重要技术环节来进行规划。下图为本套数字媒体动漫游戏课程推荐培养体系与对应教材。

数字媒体动漫游戏课程推荐培养体系与对应教材

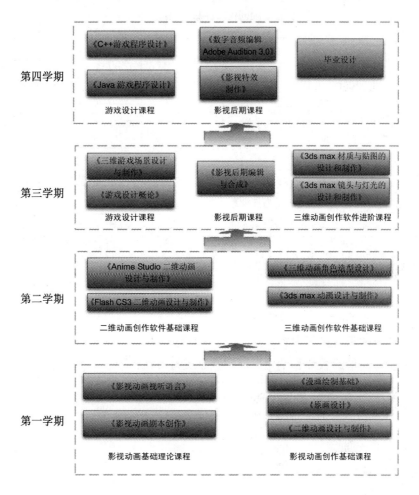

如何使用本套教材

动漫游戏职业教育知识体系覆盖面广，即从基础的美术知识到先进的数字媒体技术。在研发选题的过程中，没有采用全面"开花"的战略，而是结合上图所述的培养体系和对应教材，把这些技术点作为规划这套教材的重点。这些重点与目前各大院校开设相关专业的课程对应如下。

专业关键词	课程关键词	首批推出对应教材名称
影视动画	影视动画基础理论课程	《影视动画视听语言》
影视动漫		《影视动画剧本创作》
动漫设计与制作	影视动画创作基础课程	《漫画绘制基础》
游戏动画		《原画设计》
游戏软件开发技术		《二维动画设计与制作》
数字媒体	二维动画创作软件基础课程	《Anime Studio 二维动画设计与制作》
		《Flash CS3 二维动画设计与制作》
	三维动画创作软件基础课程	《3ds max 动画设计与制作》
		《三维动画角色造型设计》
	三维动画创作软件进阶课程	《3ds max 材质与贴图的设计和制作》
		《3ds max 镜头与灯光的设计和制作》
	游戏设计课程	《游戏设计概论》
		《三维游戏场景设计与制作》
		《C++游戏程序设计》
		《Java 游戏程序设计》
	影视后期课程	《影视后期编辑与合成》
		《数字音频编辑 Adobe Audition 3.0》
		《影视特效制作》

如何获取教学支持

根据课程的特点，还专门为教师开发了配套教学资源包，以教材为核心，从老师教学及学生学习的角度搭配内容，包括如下图所示的八大教学资源库，分成教师资源和学生资源两种形式提供给教师和学生。获取教学支持方法：

电子邮件：wsw@fecit.com.cn；ina@fecit.com.cn
联系电话：010-88254160
教师 QQ 群号：85785301（仅限教师申请加入）

在学习过程中，本套教材还提供了认证考试平台，为师生获得学历证书以外的其他职业证书提供服务。在本书的"序"中提到使用本套教材的用户可参加工业和信息化部全国信息化应用能力考试，获得"全国信息化工程师岗位技能证书"。

本套教材的出版得到了专家委会员顾问组、专家委员会审读组所有成员的大力支持，特别是主编肖永亮教授在其中做了大量的组织工作，在此一并表示感谢。

关于本书

如今，三维动画制作技术正在飞速发展，随之而来的是技术层面上的革新，无论是游戏、动画，还是电影技术都在日新月异的发展。随着人们对游戏、动画和影视画面的要求越来越高，迫切需要将画面变得更加清晰、细腻，使人可以感觉到画面的真实性。正是在这种条件下，要满足商业上的需求，就要求美工人员要随着技术的改进不断学习探索，并能够有所创新，才能创作出更加完善的作品。

本书采用理论与实例相结合的叙述方法，试图帮助读者迅速掌握三维动画角色造型设计的基本概念和技法，并能够举一反三，创作出需要的动画造型效果。

本书共有7章，分别从以下几个方面进行讲解：三维动画造型的流变，通过介绍动画角色造型概念的演化，分析了三维动画造型的特性；三维动画造型设计分类，阐述三维动画发展的状况，以大量内容拓宽读者视野，并从比较中摸索和体会三维动画造型的创作规律；三维动画造型的概念设计，阐述分析动画造型的概念设计，强调在造型设计最初阶段的原创思路的梳理；造型的细化，主要讲述如何在造型的概念的基础上继续细化与完善，从而使造型既具有较好的趣味性又能适应特定的三维制作条件；造型设计的系列化，阐述造型设计的系列化处理，强调以一个最重要的角色作为突破点演绎出相关系列角色造型的技巧；概念造型的效果表现，介绍如何表现各种概念造型；还介绍了三维软件中角色制作的注意点，以帮助读者设计出更好的作品。

本书尽量做到结构清晰、内容翔实、重点突出、特色鲜明。书中所讲述的大量技巧和方法都是作者多年以来的实践心得和感悟。

本书在写作过程中不可避免地参考和借鉴了国内外相关的教程和资料，书中的参考图片也选用了国内外专家、高手的一些佳作，由于条件所限不能一一告知，在此一并表示衷心感谢。

本书的定位是初、中级读者，可供相关培训学校和相关本、专科院校作为培训、授课教材之用，也可供广大三维爱好者和 CG 行业相关从业人士参阅。

由于写作时间紧迫加之作者水平所限，本书错误之处在所难免，欢迎广大读者批评指正，作者将不胜感激。

飞思数码产品研发中心

 联系方式

咨询电话：（010）88254160　88254161－67

电子邮件：support@fecit.com.cn

服务网址：http://www.fecit.com.cn　　http://www.fecit.net

通用网址：计算机图书、飞思、飞思教育、飞思科技、FECIT

总学时：76。其中，理论学习：47学时，实践学习：29学时

章　名	序　号	教　学　内　容	建议学时	授课类型
第1章 三维动画造型的流变	1	源起手绘动画造型	2	理论
	2	丰富的材质动画造型	1	理论
	3	三维动画技术平台上的造型	1	理论
第2章 三维动画造型设计分类	4	三维动画造型设计的概念	4	理论
	5	三维动画造型的分类	8	理论
第3章 三维动画造型的概念设计	6	动画创作定位分析	8	理论
	7	寻找造型的概念	5+3	理论+实践
第4章 造型的细化	8	动画造型趣味的把握	4	理论
	9	质感的把握	2	理论
	10	结构的把握	2+2	理论+实践
	11	个性的塑造	4+2	理论+实践
第5章 造型设计的系列化	12	根据主造型的辐射式设计	4+2	理论+实践
	13	总体形态的检测	4	实践
第6章 概念造型的效果表现	14	平面效果的表现	8	实践
	15	造型实物模型的制作	8	实践
第7章 三维软件中角色制作的注意点	16	三维软件中的角色制作	2	理论

　　本书授课建议教师安排76个学时，理论部分47学时，实践部分29学时，适当加大实践部分的学时数，对于本学科的教学开展将会收到更好的教学效果。另外，除学时分配建议表以外，本书赠送的教师光盘还为授课老师提供了更丰富的教学资源。教师光盘的索取方法请见本书的出版说明。

第 1 章

三维动画造型的演变

　　本章主要通过介绍动画角色造型概念的演变，分析了三维动画造型的特性。内容包括动画造型设计的结构、动画造型的材质特点、动画造型的实现技术。

本章重点：
　● 了解三维动画造型的结构原理与传统动画造型的联系。

　● 理解三维动画造型是如何综合实现不同材料表现特征的。

　● 明确三维动画造型的显著特点。

　● 了解三维技术的概况。

作为艺术与技术的结合体，动画艺术给我们带来了独特的、美妙的感受，人们用高于现实的态度讲述故事、实现理想。从我们儿时令人神往的美丽传说、精彩神秘的历险传奇到成长路上微妙细腻的情感故事，动画都充满了无穷的表现力。一方面，动画融文学、绘画的情境和意象表达于一体，将人们的愿望以视听结合的方式充分演绎实现，如图1-1所示；另一方面，动画以时间运动表演的形式在人们的心目中展现出血肉丰满的各种形象，这些形象前所未有的清晰，或靓丽或勇敢或诙谐，是人们伸张正义、批判丑恶的理想的化身，如图1-2所示。

图1-1   图1-2

闹海的哪吒、桀骜不驯的孙大圣、没有耳朵的多啦A梦、充满了成长烦恼的超人家族——这些虚构的形象似乎就在我们身边不远处，如图1-3所示。虽然拥有令人羡慕的超常本领但却依然有和常人一样的心跳节奏——因我们同样的困扰而困扰、因我们同样的欢乐而欢乐。动画里的形象设置跨越了时间和空间的界限，云端里沉香劈山救母、池塘中的小蝌蚪在四处找妈妈、海底世界里的小丑鱼爸爸寻觅丢失的儿子，同样是关于亲情的故事，动画中的形象却千变万化，异彩纷呈。

图 1-3

对于优秀的动画作品来说，观赏动画片时人们跟随着动画形象一起经历喜怒哀乐，影片结束后即使观众模糊了情节却也能清晰地记下动画中的典型形象，而影片所倡导的主题思想和价值观念正是通过这些形象牢牢留在观众心底的。

一部动画作品采用了有缺憾的造型设计就如同一部电影选择了不适合的演员，从表演的观赏性到主题的升华都将难以做到恰如其分，当然也难以博得观众的认可和喜爱。因此，在创作的前期除了好的主题、故事剧本之外，动画的造型设计也是重中之重。

随着动画制作技术的发展，动画创作的形式也早已经让人目不暇接，其中以电脑图像（Computer Graphic）技术为基础的三维动画以其独特的表现力、丰富的多样性，以及高效率的制作观念的更新最为突出。其立体运动的视觉效果既融和了传统平面动画和立体动画的优势，又凭借其技术特点更大限度地发掘了动画艺术结合电影语言表现方面的可能性。这其中不得不提的最具代表性的三维动画生产机构是 Pixar（皮克斯）动画公司。该公司 1986 年成立于美国，先后出品了诸如《玩具总动员》、《怪兽电力公司》、《料理鼠王》等影片，迄今为止共获得了数十次奥斯卡大奖，突破了由迪士尼创立的劳动密集型传统创作模式，将三维动画推向了商业电影的主流地位，如图 1-4 所示。

图 1-4

技术的全面转变将观众的欣赏习惯与动画创作的整体理念都引入了崭新的领域，也给动画的造型设计带来了更广阔的发展空间。

正如当时福特发明的四轮汽车事实上是以蒸汽动力的设计理念与马车车厢的结合体一样，三维动画一方面是全新技术的集中体现，代表着动画艺术形式的发展，另一方面又继承了三维技术出现之前创作理念和经验总结。因此，在学习三维动画造型设计的开始，应该充分了解造型的原理，而所谓的"原理"则应该从发展演变中进行总结。

1.1 源起手绘动画造型

目前公认的世界上早期动画片代表之一是 1908 年由法国人埃米尔·柯尔制作的《幻影集》（FANTASMAGORIE），如图 1-5 所示。片中的小人一会儿被拆解为几部分，一会儿又组成人形跳跃表演，充分表现出了动画造型灵活机动、表现自由的特点。柯尔是一位重要的动画制作大师，也是一个著名的漫画家，这部影片运用停格拍摄技术，结合自己的漫画人物造型表现出不断变化的图像。

图 1-5

动画的本体属性包括两重特性，一是绘画性，动画艺术中的视觉形象是创造者基于艺术创作的规则创作出来的。传统动画不是其他实演实拍相结合的影像，而是基源于一张张连结起来的以美术创作方式完成的画面，其结果总是呈现出强烈的人为创作的美术风格——最早的动画片是由手工绘画制作而成的，即按照人主观的唯美主义原则使画面呈现出"表层的，完全以娱乐为目的的，由色彩和线条组成的令人赏心悦目的样子"。在过去"绘画性"成为动画最重要的特点，而后来随着动画制作手段的不断革新，动画片的美术风格由原来的比较单一的平面绘画扩展为多种技术表现，如折纸、雕刻木偶、黏土、三维 CG 技术等。造型特征也由原来单纯的夸张变形发展成 Q 版卡通、写实逼真、个性另类等各种不同流派——改变的仅仅是动画创作的工具，而动画片中的充满想象力和表现力的场景、造型、构图、运动表现等却无一不是人们通过传统绘画创作所培养起来的意象创作思维的产物，其结果仍然体现出强烈的绘画性，如图 1-6 所示。

图 1-6

动画本体属性的第二重特性是运动性，动画是在实拍电影技术的基础上产生的，打破了传统美术作品中静态的表现形式，却可以将传统美术的形、材、质真正地动起来。跟传统艺术相比，动画艺术具备了前所未有的自由性，作者可以将任何想象得到的视觉元素按照某种运动规律，以生命体运动的形式呈现在观众的眼前，也可以使观众体验到穿梭于不同时空的新鲜感受，这些都是以往的艺术形式所不能达到的——动画可以说是目前能将最多传统艺术综合运用的高级形式，这一切都因为动画独有的"动"的特性，如图 1-7 所示。

图 1-7

1.1.1　几何形的组合

传统手绘动画是根据事物物理运动的规律，以一定的帧率手绘完成的，利用人们视网膜"视觉停留"的原理，连续播放画幅从而形成运动的视觉效果。为了确保连续播放时角色造型运动的流畅性，必须保证每张画稿都完全符合透视运动的轨迹，如图 1-8 所示。因此在动画产业形成的很长一段时间里，严谨的标准和繁杂的制作在很大程度上限制了手绘动画造型的复杂程度。即使到了现在，在有很多计算机辅助手段帮助的情况下，传统手绘动画的制作仍旧不得不考虑到这方面的问题，以降低时间、人力、物力等各方面的成本，如图 1-9 所示。

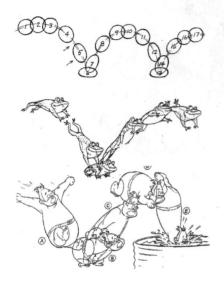

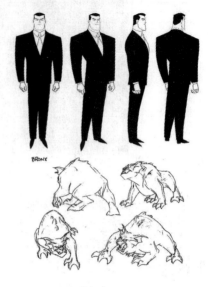

图 1-8   图 1-9

美国曾经根据当时畅销漫画书改编生产了一系列的手绘动画连续剧，如《蝙蝠侠》、《超人》、《星球大战》等。这些美式英雄漫画中的造型在图书里被精雕细啄地刻画，无论人物形象的体态、肌肉还是色彩肌理效果都做了夸张"写真"的绘画处理，以求突破图书的静态限制，并增强视觉冲击力，分别如图 1-10 和图 1-11 所示。

图 1-10   图 1-11

而改编成动画后的角色造型则被较大程度地归纳和提炼，原先复杂的细节结构被整理为有棱有角的光滑曲线——除主要特征外，基本上都被全面几何化处理了，如图 1-12 所示。

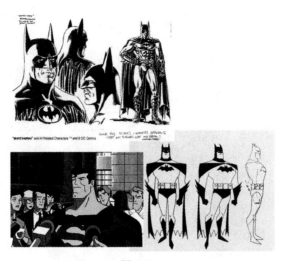

图 1-12

以下是迪士尼的动画经典造型设计和结构分析，图 1-13 为几何形绘制的步骤。

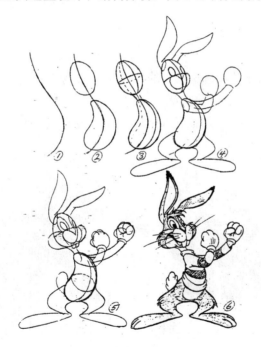

图 1-13

从以上的分析中我们可以看出，动画造型的几何化处理一方面有效地简化了造型、夸张了特征，并由此形成了特有的"卡通化"风格；另一方面，由于具备了明确的几何结构，便为动画师控制调整角色动作提供了很大的便利性。片中的造型看似复杂丰富，但事实上只要在总体的原画动作的骨架图上逐一"安装"即可。

连续原画张的动画结构，以及丰富细节的步骤，如图 1-14 所示。

图 1-14

三维动画具备了传统手绘动画所没有的高效性，以三维制作的模型进行动画创作不需要像传统的手绘动画一样进行重复的绘画劳动，软件技术依据设好的关键动作自动渲染中间帧，造型设计的限制大大减少，因而创作者可以相对自由地发挥其长处。如图 1-15 所示为造型丰富的三维动画与二维的对比。

图 1-15

同时，三维动画造型所依据的造型审美原则仍然是传统动画趣味的延续，除了一些比较丰富的元素以外，总体的结构事实上仍旧以几何概括的形式进行归纳，既提炼了造型，又给角色表演运动提供了良好的结构基础。如图 1-16 所示为卡通的和写实类的三维造型几何结构的分析。

图 1-16

1.1.2 运动的合理性

虽然三维动画的造型在内容元素的设置方面具备优势和发挥的空间，但在角色动作的控制方面却又有着瓶颈限制，特别是夸张表现的可能性。如图 1-17 所示为二维的夸张造型与三维造型的限制。

图 1-17

　　凡事都有两面性，在软件提供了便捷性的同时也使所有绘制出的作品往往带有相似的特征。除了一些高端的具备了软件技术开发能力的动画公司能开发出更多让人惊奇的视觉效果之外，我们的常规软件应用者在设计造型的时候一定要注意造型结构所带来的运动的合理性，这种合理性一方面要符合我们夸张表演的特殊要求，一方面也要符合软件的特性。也就是说，在三维动画的世界里我们是一群"戴着手铐跳舞"的人——当然，戏法人人会变，各有巧妙之处，人的创造力是无限量的，如图 1-18 所示。

图 1-18

　　传统手绘造型设计虽然是平面绘画完成的，但通常都会考虑好各个角度的造型所呈现出来的形态（除了一些特殊的风格要求以外）。在三维动画设计里，我们所追求的造型运动的合理性也是一致的，在造型设计时结合角色的运动特点创造出给人留下深刻印象的动画形象，如图1-19 所示为二维造型的结构运动。

图 1-19

1.2　丰富的材质动画造型

材料动画，多半是以定格拍摄的方式制作完成的。除了常规动画作品里的表演之外，定格动画总会结合制作材料的特性从而形成丰富而独有的表现语言，诸如用铁皮、木偶或泥偶、布偶、剪纸、折纸、油彩、沙等各种材料制作角色，以及场景造型并逐格拍摄。如图 1-20 所示为各种材料动画造型。

图 1-20

1.2.1　多种材质：语言的融合

不同的材料有不同的物理特性，所形成的形态也趣味盎然，电脑图形技术强大的渲染系统使三维动画能实现多种材质的特点，无论固体、流体的形态，还是不同材料的肌理，甚至是一些超现实的质感都能实现。因此三维动画除了发挥本体的技术优势之外，还可以形成其他传统形式的视觉效果，如水墨、皮影这样的形式已经被广泛采用，而以木偶，或其他材质动画形式的作品就更是屡见不鲜了。如图 1-21 所示为三维动画短片、剪纸动画。

图 1-21

　　除此之外，三维还将不同材料的肌理和物理特性综合处理形成特殊的视觉效果。如使金属材料、木质等硬度材料与橡胶弹性结合，将液态的流体特性与固态形象结合，均成为三维动画造型设计的特点，如图 1-22 所示。

图 1-22

1.2.2　立体造型制作技术特点的借鉴

　　木偶分段连接，泥偶塑造成形，纸偶以粘贴、拼凑为主，皮影由铁丝和细绳固定关节……出于材料的不同，立体造型具体制作的形式也大有区别，当然也成为不同材料动画的特点之一。这些特点也同样往往成为很多三维动画中造型设计的灵感起源，如在片中的角色既没有强调剪纸动画的概念，也没有强调剪纸"有限"表演的意图，相反却能灵活机动。但在造型的结构组成上就有意借助"木块"的造型概念，形成意象型的"材料"造型，如图 1-23 所示。

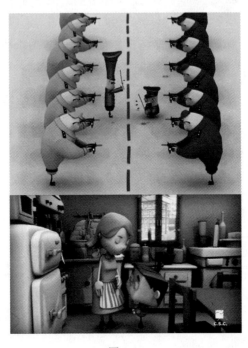

图 1-23

　　此外，以造型为基础的表演也处处体现出材料制作的特点，如我国的经典动画片《曹冲称象》是由一块块"木珠"串接起来的，而在表演细节中，角色的运动包括剧情里想象出来的把大象切开的情节都被表现为将原本串在一起的大小木珠拆开，显得趣味十足，如图 1-24 所示的剧照。

图 1-24

　　与此相似的是美国三维动画电影《玩具总动员》中的玩具们，剧中的角色其实是由各种材料做成的玩具，作者巧妙地把玩具的造型与动画结合到了一起：弹簧狗、塑料小兵人、蛋头先生、塑料关节的小马等，这些玩具的制作特点在影片中被表现得淋漓尽致。如图 1-25 所示为动画电影《玩具总动员》的剧照。

图 1-25

1.3　三维动画技术平台上的造型

　　三维动画是在计算机里虚拟出来的世界，最擅长模拟物体的真实效果，表达准确并具备多元开发的可能。其表现方式从某种意义上说已经成为广泛使用的工具，除了在动画艺术创作领域，在娱乐、军事、医学等领域中也被广泛应用，而目前各种影视作品的特效制作也同样属于三维动画技术应用的范畴，如图 1-26 所示的剧照。

图 1-26

三维动画创作是一个艺术和技术紧密结合的工作，无论各种美术造型元素（诸如色调、构图、明暗等）还是镜头组接、运动节奏的控制等影视创作技巧都要充分依托计算机技术的平台才能得到实现。

大导演斯皮尔博格在其著名的电影《侏罗纪公园》中首次以高端的三维技术实现了各种栩栩如生的史前生物，这将人类的创造力几乎发挥到了极致：凶猛无比的霸王龙、两翅生风的翼龙、体积庞大的腕龙……这些只有在考古资料里才能看到的消失的物种被还原到了人类的现实社会中。这些庞然大物们带着各种情绪冲破电网、撞倒汽车……当我们看到剧中的汽车在奔跑的恐龙胸腹间穿行的时候，禁不住会为三维技术时代的到来而感到惊喜。如图 1-27 所示为《侏罗纪公园》的剧照。

图 1-27

1.3.1 电脑技术的支持

早在《侏罗纪公园》中，我们看到的虚拟恐龙大都由高端的计算机工作站制作完成，无论是配置先进的硬件还是功能强大的软件都是个人和常规创作团体不可能具备的。而随着计算机技术的发展，现在我们常规的 PC 虽说仍旧难以和好莱坞的大家伙相比，但对于制作一定专业水平的三维动画作品来说，还是可以实现的。

就目前 PC 所使用的主流 CPU 来说，如 Intel 公司的"奔腾"系列、AMD 公司的 Athlon 系列等，总体趋势是往高频率、小体积，以及高速缓存的方向发展，现在已经完成了从 32 位数据带宽向 64 位的转换，如图 1-28 所示。

图 1-28

而在三维动画的软件技术方面，其应用广泛的程度主要取决于其制作功能的完备性和操控的便捷性。当然，作为商业产品来讲，这些软件的推广也必定由其生产机构在世界不同地区的市场开发情况决定。

在我国，三维动画制作所采用的比较常见的软件基本上以 3ds max、Maya 为主，而诸如 Softimage、LightWave 等软件也在很多院校、工作室、公司被作为主要的动画制作软件平台，如图 1-29 所示。

另外，其他三维制作软件有 Cinema4D、Houdini、ZBrush、Poser、Silo、Mirai 等，如图 1-30 所示。

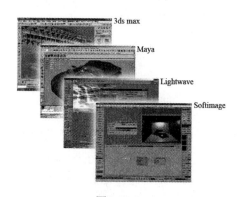

图 1-29

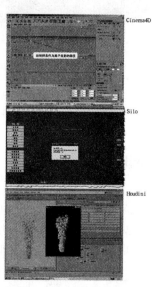

图 1-30

这一类型的三维软件的特点是结构比较精练、操控性强，便于使用者在制作时很快掌握并实现一定的效果。这类三维软件既可以独自完成作品，又可以配合一些专业性较强的三维软件（如 ZBrush，就是配合 Maya 的比较理想的软件）来使用，无论在模型制作方面还是在肌理的雕琢方面都是非常好的。如图 1-31 所示为 ZBrush 的刷肌理的使用界面，相关的模型为在 Maya 里使用制作完成的界面。

再如 Poser 软件，由于角色造型模块的固化，也经常被用来获得一些简模和简单动画的创作，甚至很多国外的插图画家也使用这一软件来选择动作造型和视角。它是一款同时运行在 Windows、MAC（苹果）等系统里的应用性软件，如图 1-32 所示为 Poser 软件的界面。

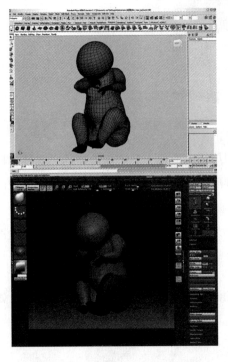

图 1-31　　　　　　　　　　　　　　　　　　图 1-32

一般来说，很多三维软件都有应用版和教育版两种。教育版的授权廉价，目前国内包括院校等各级三维动画教学机构都配备正式的软件版本，这给学习动画的学生提供了很好的平台，这也是三维动画得到广泛普及的重要原因之一。

1.3.2　丰富的呈现形式

三维技术强大的模拟性能决定了其丰富的呈现形式。从造型的风格上来看，写实逼真如电影大片里的特效，其效果即使与实拍的角色合在同一画面中也天衣无缝；夸张变形如各类型的卡通造型——《丛林大反攻》里的大熊、《跳跳羊》里的小绵羊等；而风、沙、水、熔岩等不同的形态也可以很方便、高效地实现——几乎所有的事物都可以在不断更新的技术条件下被随意用来创造神奇。如图 1-33 所示为不同风格的三维动画造型画面。

图 1-33

1.3.3　自由的镜头语言

当人们评论实拍电影中的某个演员时，通常都会说这个人"上不上镜"。也就是说，一些在日常生活中长相十分优秀的人并不一定在镜头中也同样呈现出优秀的外表，反之亦然。事实上在我们谈三维动画造型设计的时候也存在同样的问题，造型方案归根到底是要由镜头语言呈现在故事画面中的。

三维动画的镜头调度方式与真实摄影非常相近，三维的角色造型可以在不同角度、不同运动方式的镜头中展现。因而，所谓的"立体感"除了光影质感的因素之外，很大程度上还由三维形象在画面中呈现出来的多角度变化决定。如图 1-34 所示为不同风格的三维动画造型在不同视角下的画面呈现。

图 1-34

三维动画发展到现在，不但给动画艺术的创作拓展了巨大的发挥空间，而且几乎成为人们生活中不可缺少的一部分，娱乐、生活、学习……到处都能见到形态不同、趣味盎然的三维动画造型。这些造型已经不只是故事里面的角色，还有一些是和我们实实在在打交道的虚拟演员、服务员、讲解员、知心朋友、邻家小孩、爱慕对象——就像著名的英国虚拟乐队"Gorillaz"

中的 4 个具有强烈城市感的 HIP-HOP 色彩的小鬼一样，他们从某种程度上负载了人们的情感，成为了偶像，如图 1-35 所示。

图 1-35

"蓦然回首，那人却在灯火阑珊处"，研究艺术形式演变中的发展、融合、回归是培养我们在三维动画造型设计中养成体系型思维方式中的一个重要前提。以技术作为基础、以艺术作为灵魂，应该学会从传统中发展突破，总结规律并善加运用，而只是狭隘地标榜先进技术，甚至误以为有了良好的技术手段就能在创作中投机取巧的想法是万万不可取的。

1.4　课后练习

1. 尝试将你熟悉的二维动画造型和三维动画造型分别简化成几何图形，并观察分析它们的不同。

2. 谈谈 3D 动画造型的特点是什么。

3. 请用自己的语言来谈谈你对于 3D 动画造型表现不同材料特点的理解。

第 2 章

三维动画造型设计分类

　　本章主要阐述了三维动画发展的状况，以大量介绍性的内容拓宽视野，并从比较中摸索和体会三维动画造型的创作规律。内容包括了三维动画造型设计的概念和三维动画造型的分类，并具体根据不同的审美标准和不同作品的类型来进行分类和分析。

本章重点：
- 理解掌握三维动画造型的概念。
- 从理论分析方面掌握不同类型三维动画造型的特点。
- 培养将动画造型艺术创作与社会基础关系相结合的分析能力。

2.1　三维动画造型设计的概念

作为三维动画设计的重要部分，造型设计在整个三维动画制作中占有重要的地位，它不仅是完成好作品的第一步，也是至关重要的一步，是动画创作的起点和基础。因为角色造型在三维动画作品中起着承载角色活动和构建角色性格的作用，同时也是作品中视觉线索的核心所在。所以，很好地完成造型设计，正确地理解作品的内容、结构，并把握与之相适应的表现形式是做出成功作品的首要条件。

三维动画造型设计的过程是一个艺术和技术相辅相成、共同创作的过程。在设计者自身文化和审美修养的基础上，在设计者的艺术倾向和文化积淀的指引下利用各种软件和技术手段，设计出适合于作品的三维动画造型。

2.2　三维动画造型的分类

三维动画的兴起虽说时间不长，但是作为先进制作技术和文化艺术高度结合的产物，使动画这种视听艺术形式拥有了前所未有的发展空间。不论是制作可以以假乱真的虚拟形象，还是制作天马行空的抽象画面，三维动画真正可以实现想到即能做到。因此三维动画迅速成为了现今主要的动画制作手段之一，进入了影视、动画、游戏等各个领域，在商业和艺术上都结出了累累硕果。

三维动画应用极其广泛，由于不同的作者，不同的适用范围、方式和方法，使作品呈现出明显的地域性和行业性。在研究三维动画造型时，我们可以通过对作品进行分类归纳的方法来进行全面、深入、多角度的审视。了解优秀的动画作品在艺术和商业领域获得成功的诀窍。

2.2.1　审美风格的分类造型设计

三维动画的造型设计因为创作团队的文化、审美倾向的不同，以及所在各国的地域、制度、思想意识和风俗习惯的千差万别，产生了众多不同的艺术取向。其中以美国的迪士尼和日本动漫为最大的两种造型风格，在商业领域占据着大部分的市场份额，而且也深刻影响着世界范围内的动画创作。

1．欧美风格的狂飙

1）迪士尼风格的传承

美国是世界上动画创作和产业最发达的国家，沃尔特迪士尼（Walt Disney）公司作为美国动画的集大成者，传统动画时代的不朽传奇，对世界动画界的影响十分深远，如图 2-1 所示。传统动画界影响最为广泛的 12 条动画原理就是上个世纪二三十年代，美国迪士尼公司的动画师们在长期的创作实践中积累下来的动画绘制经验，归纳形成的动画原理。这一动画原理至今仍然是世界范围内动画业内人士不可不知的常识，当今世界三维动画界的重量级动画公司，美国 PIXAR 公司在进行员工培训时，就是以此入手训练三维动画师的。

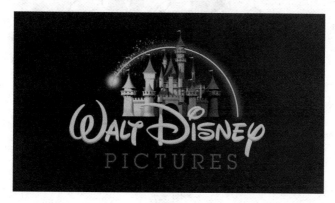

图 2-1

　　美国动画界在近百年的时间里创造了数不胜数的动画造型和深入人心的动画明星。由迪士尼公司创作出来的经典动画角色有米老鼠、高飞狗、白雪公主和七个小矮人等，分别如图 2-2 至图 2-6 所示。迪士尼的动画造型主要以圆弧形和"S"形为主，造型优美可爱、色彩鲜艳，如图 2-7 所示。大多为两头半到五头身，头、五官、手都比较大，表情和动作都极具表演性质，线条夸张、流畅。这种生动活泼的造型风格在 1935 年至二战之后的 10 多年间都是美国动画造型的主导。

| 图 2-2 | 图 2-3 | 图 2-4 |

图 2-5

图 2-6

图 2-7

同时，随着《白雪公主》、《小鹿斑比》等一系列大获成功的动画长片的上映，迪士尼的造型风格也影响了其他各国，包括英国、法国、意大利等，甚至对我国的动画也产生了很大的影响。

1941 年，中国联合影业公司出品了长篇动画《铁扇公主》，如图 2-8 至图 2-10 所示，该片由我国早期动画影片的开拓者万氏兄弟作画，是我国乃至亚洲地区的第一部长篇动画。从片中的造型设计能够看出其受到了迪士尼动画角色的影响。时至今日，人们对于迪士尼乐园的追捧也说明了迪士尼造型风格的魅力，经历数代仍长盛不衰。虽然相关影视作品已经很多年没有在国内电视台中播放，但在周边市场，比如玩具和儿童用品市场上，与米老鼠等迪士尼经典动画造型有关的产品仍是众人争相购买的对象，由此可见迪士尼动画造型明星的地位是不可动摇的。

图 2-8

图 2-9

图 2-10

　　迪士尼公司一直致力于动画技术的革新，不断创造动画史上的第一。1928 年，该公司制作的以米老鼠为主角的卡通动画《汽船威利》（参见图 2-11 和图 2-12），是世界上第一部声画同步的动画影片；1932 年，制作了第一部彩色综合体卡通《花与树》（参见图 2-13 和图 2-14）；1937 年的《白雪公主》（参见图 2-15），是世界上第一部彩色剧情动画长片；1995 年与 PIXAR 公司合力创作了世界上第一部全三维动画电影《玩具总动员》（参见图 2-16 和图 2-17），紧接着又推出了《虫虫危机》（参见图 2-18），现在迪士尼公司更将 PIXAR 公司纳入了自己麾下，全面进入了三维动画长片的制作时代。

图 2-11

图 2-12

图 2-13

图 2-14

图 2-15

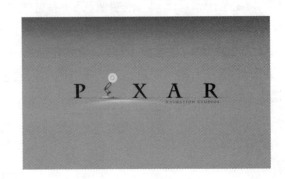

图 2-16

图 2-17

图 2-18

在最新的迪士尼动画《超人特攻队》、《料理鼠王》（参见图 2-19 到图 2-22）中，我们可以看到在进入三维动画制作时代后，迪士尼动画造型风格被很好地传承了下来。夸张的五官和表情，圆弧形和以"S"形为主的简洁明快、没有繁琐局部细节的造型，以及鲜艳的色彩是其动画形象的主要特点。《超人特攻队》一片中的第一主人公超能先生（参见图 2-23），为了体现角色的力量感，他的上半身被适度夸大，呈现一种健美的倒三角形，如果进一步简化这个形体，我们就会看到这个造型的躯干基本上可以用一大一小两个球体组成，然后球体之间用向外弯曲的弧线连接而成。向外舒展的弧线造型能够很好地表现人物肌肉的体积感和蓬勃的生命力，而多余的细节，比如肌肉的具体形状、肚脐、衣服皱褶等都被省略掉了。这是一种迪士尼造型设计中的经典做法，迪士尼的传统动画片《花木兰》中的一众兵丁和强壮的敌人（参见图 2-24）也都是类似的造型。这种夸张、简化的非写实型造型设计主要是基于对写实造型的提炼与抽象，强调主观表现，非常适合用于生动诙谐的动画表演。在动画中，角色可以做出非常夸张、具有感染力的表情和动作，起到很好地发挥、承载性格和活动的作用。

图 2-19

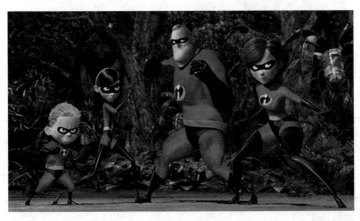

图 2-20

图 2-21   图 2-22

图 2-23

图 2-24

2）充满艺术气息的欧洲动画

　　另一方面，欧洲作为 20 世纪前叶世界思想文化的中心，动画艺术家们十分热衷于尝试新的美学观念，而对改进技术，大规模商业运作的开展则落后于美国。在美国动画成功进入工业化的时代后，欧洲动画很少能组织起大规模的商业动画长片的制作，而主要是创作带有艺术家独特审美特点，大胆、前卫、带有浓烈实验性质的艺术作品。并诞生了一大批自由动画艺术家，从意大利的未来主义艺术家布鲁诺·科拉和阿尔纳多·金纳开始创作已知的第一部先锋实验动画《影片一号》以来，欧洲各个国家的艺术家和电影人前赴后继，在非主流动画电影领域进行不懈的实践，创作了众多实验动画和艺术动画。因此欧洲动画常被称为自由式卡通或独立卡通（参见图 2-25）。

图 2-25

很多欧洲动画影片的审美方式和艺术形式都非常"极端"，因为欧洲动画制作者们对"实验"的追求、手段、方式似乎永远都不是固定的。以比利时动画之父，著名动画导演劳尔·瑟瓦斯为例，他在影片《恐色症》中，利用了色彩的对比和奇形怪状的造型（参见图 2-26）构造了一个幻想中的城市。现在看来，整部动画都带有很强的装饰画风格，符号式的两头身人物造型，鲜明的线条，基本抛弃了透视感。而在他的另一部动画《X-70》（参见图 2-27）中，使用了一种以往动画中不曾有过的、粗糙的铜版画质感的背景，浓重的颗粒感和阴暗的灰绿色把整部影片的气氛牢牢地纠结住。片中的角色造型则接近正常的人体比例，但是造型的关节和姿态被刻意处理成病态的、僵硬的感觉，配合前面毒云惨淡的风格，贯穿了影片阴暗主题的构架。到了 1979 年，劳尔·瑟瓦斯创作《鸟身女妖》（参见图 2-28）时，整部影片使用拼贴的方式将各种元素集合在一起。通过把客观形态（实拍的人、物、景）错位、变形乃至怪诞地处理，加上对光影节奏的营造（光斑、故意不谐调的色彩搭配）使影片呈现出一种独特的神秘主义色彩。由此可以看出，在劳尔·瑟瓦斯的艺术创作中，没有固定的造型设计定式，如果硬要说有，那就是对艺术风格的追求和"实验"。

图 2-26　　　　　　　　　　　　　　图 2-27

图 2-28

　　在这种氛围中，少数彻底商业性质的欧洲动画长片，造型风格也不同于迪士尼。如法国三维动画长片《盖娜》（参见图 2-29 和图 2-30），片中的造型设计脱胎于欧式漫画，风格诡异、冷峻，同样带有独特的艺术气息。

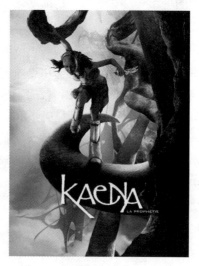

图 2-29　　　　　　　　　　　　　　图 2-30

2．日本动漫风格的渗透

从日本的"漫画之神"手冢治虫半个世纪前筹拍《铁臂阿童木》（参见图 2-31 和图 2-32）开始，日本的动画和漫画就紧紧地拴在一起了。开办动画公司"虫制作"并开创日本动漫时代的手冢治虫首先是个出色的漫画人，他的前半生创造了大量极受欢迎的漫画作品，并通过将这些作品改编成动画，开拓了日本的商业动画片市场。在他之后，如石森章太郎、松本零士、永井豪等都是横跨动漫领域的动漫人。现在广受欢迎，享有世界声誉的动画导演大友克洋和今敏，也都先由一个出色的漫画人，再转做动画人的。

图 2-31

图 2-32

不像美式漫画专于英雄主义，日本漫画的题材广泛，表现形式多样。而且日本人有消费漫画作品的习惯：以一部成功的漫画作品改编为动画，利用漫画作品的影响力，如《苹果核战记》（参见图 2-33 和图 2-34）《攻壳机动队》（参见图 2-35 和图 2-36）等带动动画作品。也有通过电视动画或 OVA 动画获得成功后，再开发漫画产品的，比如《蜡笔小新》（参见图 2-37 和图 2-38）、《物怪》等。动画和漫画从故事、类型到美术、文学风格都相辅相成，互相影响，并创造了阿童木、皮卡丘（参见图 2-39 和图 2-40）等风靡世界的动漫明星。因此，日本动画和漫画的造型风格是基本一致的。

图 2-33

图 2-34

图 2-35

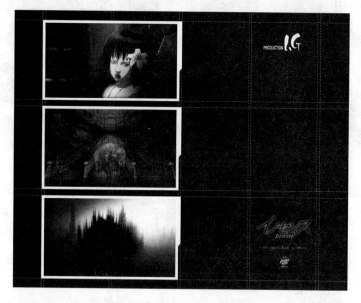

图 2-36

图 2-37

图 2-38

图 2-39

图 2-40

　　日本动画和漫画的造型风格丰富多样，其中有具象型造型风格，特点是十分接近生活形象，经过适当的夸张和概括，强调某些客观性的特色，提炼优美的造型元素，削弱另一些自然的痕迹，即创造唯美主义的造型风格。这些作品往往背景逼真、色彩绚丽。比如，代表日本最高动画技术的 STUDIO4℃动画工作室所作的《恶童》，影片中的舞台宝町（参见图 2-41 到图 2-44）被设计成一个与现实中的日本脱节的，混合了波普、风格主义、达达主义绘画和设计风格的城市，在绚烂色彩和精致细节的表面下透出了现实中的颓废与平和。在这样的场景中，角色如猫般穿梭其中，展开了一场魔幻之旅。

图 2-41

图 2-42

图 2-43

图 2-44

日本动画的角色造型一般保持着正常人的比例，拥有精致的面部和身体细节，有些动画作品还刻意设计华丽的配饰。日本动画中的女性角色造型标致靓丽，有大而明亮的眼睛，修长的双腿和苗条的身材。男性角色健壮潇洒，肌肉匀称。在《最终幻想——神子降临》（参见图 2-45）、《战斗妖精雪风》（参见图 2-46）等日本动画影片中，角色的造型大多修长、挺拔，身体比例大多在八头身左右（参见图 2-47）。而且角色的身体和面部设计往往纤巧精致，体现了日本动漫造型设计的中性化特点。《最终幻想——神子降临》（参见图 2-48 和图 2-49）中的主角克劳德面部清秀，比例正常，兼有西方和日本人的面部特点。五官经过简化，去掉了多余的结构，如颧骨和面部肌肉等，这些在角色正常的表演中基本上不会显现出来。

图 2-45

图 2-46

图 2-47

| 图 2-48 | 图 2-49 |

有些日本动画的造型则非常简略，用十分抽象的手法简化、压缩角色造型的细节和比例，即通常所说的 Q 版造型。这些造型比例被压缩到一头半到两头之间，通过独特的表演来完成角色的塑造。这样近似符号化的 Q 版造型由于轻松、幽默、随意，能够被不同文化层次和年龄层次的观众接受。动画造型充满童趣，荒诞搞笑是这一类造型风格的特点。广受亚洲观众欢迎的动画系列剧《热带雨林的爆笑生活》（参见图 2-50）就是这样的作品，同一角色有两种甚至更多种的造型，有正常比例的，也有 Q 版风格的（参见图 2-51），随着剧情的发展，还在不断转变，制造出了一种荒诞、搞笑的画面节奏。

| 图 2-50 | 图 2-51 |

3. 个性多样的卡通

在美国、日本两大商业动画风格之外，各国也有自己的机构和动画艺术家在进行各自的创作。创作具有强烈的民族特色或者个人风格的动画影片。

每年在 SIGGRAPH 和昂西动画节这样的国际动画盛会上，总能看到欧洲动画家们的身影，他们的作品造型或者诡异、冷峻，或者诙谐幽默，艺术气息极强。如 SIGGRAPH 大赛中的获奖作品《大教堂》（参见图 2-52）和《堕落的艺术》（参见图 2-53）。这两个作品中的造型十分特别，而且作者赐予其很多特殊的细节，刻意勾画出手绘的感觉，干瘦虚弱的身体，阴暗扭曲的面部，体现了作者对于角色的理解和想表达出的情感如图 2-54 所示。

图 2-52

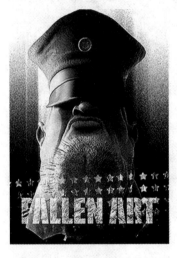

图 2-53　　　　　　　　　　　　　图 2-54

　　加拿大国家电影局在 60 年代末期成为跨国性自由创作动画的前锋，吸引了全世界向往个人创意的动画者，其最初的口号为："向加拿大及其他地区说明加拿大人"。经历半个多世纪，到现在已然具有了世界性的声誉，在电影局的帮助下，英国导演乔治·丹宁创作了被誉为表现20 世纪 60 年代末期流行文化的动画长片《黄色潜水艇》（参见图 2-55 和图 2-56），这部动画长片充满抽象、大胆的超现实想象，把波普艺术、动画、披头士音乐完美地结合在了一起，在当时的欧洲引起了强烈的反响。影片中的造型设计融合了当时最前卫的艺术表现形式（参见图2-57 和图 2-58），一直到今天都能在众多先锋艺术作品中看到与它神似的风格。这部动画突破了迪士尼风格的桎梏，启发了许许多多后来的动画家。近年来的三维动画片《抢救凯恩大师》也是在电影局的帮助下制作完成的一部迷幻主义的风格独特的动画作品。

图 2-55

图 2-56

图 2-57

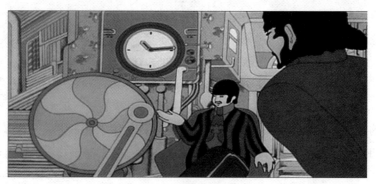

图 2-58

中国动画也具有悠久的历史，曾经开创过"中国学派"、"水墨动画"（参见图 2-59 到图 2-64）这样的辉煌时代。但这些硕果没能够适应市场的规律，成本的高昂和市场的萎缩使中国动画后来进入了一个坚冰期。但是我们的动画人一直没有放弃努力，对将中国特色的审美和造型风格融入动画制作的尝试一直没有停止。深圳 IDMT 的《桃花源记》就活用了中国剪纸的艺术风格，使作品带有浓厚的艺术表现力，在国际大赛中屡屡获奖。南京艺术学院的作品《孩子来了》，借鉴当代中国油画家宫立龙的油画作品风格来润饰角色的造型，作品造型饱满、生动、贴近生活，既打出了自己的特色又没有拘泥于以往的中国元素，闯出了中国三维动画造型设计的一条新路。

图 2-59

图 2-60

图 2-61

图 2-62

图 2-63   图 2-64

2.2.2 动画作品的分类造型设计

作为先进的影像生成手段，三维动画十分适合表现科幻、神话、大规模战争场面（参见图 2-65）等传统影像手段很难表现的内容。三维动画因此迅速渗入了影视、动画、游戏等各个领域，在商业和艺术上都结出了累累硕果。而在不同类型的应用领域中，三维动画的造型设计也呈现出不同的特点。

图 2-65

1. 影视动画造型

影视动画包括影院动画片和电视动画片两种。以情节为主、展现戏剧冲突，是目前占主流的动画作品类型。

影院动画的叙事结构与经典的戏剧叙事结构基本一致，有明确的因果关系，有一定模式的开头、情节的展开、起伏、高潮和完整的结尾。事实上就是用动画的手段制作电影。电视动画相对于影院动画来说有很多不同，因为情节设置、播放长度及形式的不同，电视动画片很像电视连续剧。相对于影院动画，故事情节更为曲折复杂，剧中人物往往数量较多，主要人物和情节也都是连贯的，每集演播全剧中的一段故事，并在结尾处留有悬念，吸引观众连续收看，类似电视连续剧。或者是每集播出互不相连的故事，但是角色和场景保持不变，类似电视系列剧。

影院动画和电视动画在成本、播放长度、情节设置上有诸多不同，但归根结底它们都是以情节为主的影视作品。这些作品中，承载着性格和活动的动画角色，在影片或剧集营造出的相对逼真的假定性空间中进行表演，通过各种内在冲突和外在冲突的演进，表达情感、塑造性格，使观众认同作品，进而被感动。所以，影视动画主要是以戏剧情节为主的动画作品。

源于生活，高于生活，在情节类动画作品中，造型设计的重点就是为动画的戏剧情节服务。作为情节的主体，人物的造型设计要有典型性，要能够反映出动画作品中设定的时代感，体现动画作品中社会的某些本质方面而又具有鲜明生动的个性。把现实生活中经典的造型设计提炼、修饰，活用到动画影片中就是很好的办法。比如影院动画作品《超人特攻队》一片中，主角日常生活中的装束就是一个 20 世纪 90 年代公司小职员造型的经典展示，衬衫、领带、卡在耳朵上放的铅笔头，一下子就能将观众带入到那种上班族日出而作，日落而息的生活氛围中去；而角色的超人装，也是在超人经典服饰的基础上做了修饰，鲜艳醒目的主色加上内衣外穿的扮相，很容易就能让观众认同片中各位超级英雄的身份，同时影片还不忘记调侃一下为什么想保证安全就要把超人披风去掉。

利用夸张和对比的手法，创造有趣的造型。动画电影很多都是幻想题材，是非现实的。2002年奥斯卡最佳动画片奖获奖作品《The Chubbchubbs!》（又名《钢牙小鸡》）（参见图 2-66 和图 2-67）的主角在一家众多宇宙人出没的酒馆工作，朝思暮想着上台演唱。受尽白眼，四处闯祸的他后来遇到了众人闻之色变的"恰布恰布"，与其成为朋友，并在其帮助下实现了梦想。这部影片作为喜剧短篇，剧情结构很像我们常见的相声"逗"法之一——"包袱儿"，即经典的系包袱儿、解包袱儿、抖包袱儿的过程。在影片中，主角刚听到"恰布恰布"要来时，赶回去给酒馆中的人报信，酒馆中的各路人物一听，顿时作鸟兽散，这里就是一个"垫"，为揭示事物先做铺垫，把包袱儿系好；接着伴随着乌云，一群凶神恶煞的强盗赶来，主角误以为他们就是"恰布恰布"，这里是一个"支"，将观众的注意力引到相反的方向，把包袱儿系紧；结果剧情突然逆转，被主角"保护"起来的小鸡竟然是让众人闻之色变的"恰布恰布"，突然发飙，将强盗杀了个片甲不留，谁也没想到的角色竟然是最厉害的，出人意料地解开了包袱儿，刨开事物的实底，引人发笑；事情平息后，主角开始了他梦寐以求的舞台表演，但他五音不全的歌声不受人欢迎，"恰布恰布"见状露出钢牙，在众人的掌声中主角微笑谢幕。至此，彻底抖落包袱儿，进一步阐发事物的可笑。

图 2-66

图 2-67

　　在这样的剧情中，角色的造型起了很大的作用，为了让包袱儿出人意料，必须反复地铺垫"恰布恰布"，做到未见其人，先闻其声。在影片一开始，酒馆里聚集了形形色色的强悍角色，这里的造型设计借鉴了很多耳熟能详的科幻影片中的角色形象，如《星球大战》（参见图 2-68）中的黑伯爵，《异形》（参见图 2-69）中的怪物形象，利用大家对经典形象的理解再加上充分的想象，成功地把酒馆中人物的强悍塑造得活灵活现，为影片的铺垫打好了基础。包袱儿系好之后，下一步就是要解开包袱，为了使包袱抖得出人意料，作者就在"恰布恰布"的造型设计上下了一番功夫。前面的强悍配角们一个个都张牙舞爪（参见图 2-70），而"恰布恰布"反而长得十分小巧可爱（参见图 2-71），在这里作者违反常规，用荒诞夸张的手法来营造实力的反差。"恰布恰布"们露出獠牙之后展现的强大和残忍（参见图 2-72）和之前判若两物，瞬间粉碎了强盗军团，剧情也因此成功逆转，解开了前面精心系好的包袱。可以说，这部获奖动画成功的基础就是作者充分地理解了作品内容并把握住了与之相适应的艺术形式，设计出的各种动画造型。这样既很好地承载了角色性格和活动，推进了剧情发展，又保持了诙谐的整体基调，使全片风趣幽默，扣人心弦。

图 2-68

图 2-69

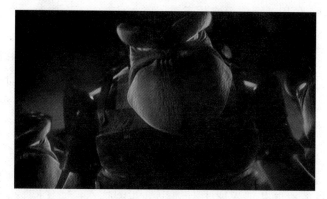

图 2-70

图 2-71

图 2-72

2．游戏 CG 的造型设计

随着科技的突飞猛进，电子游戏（Electronic Game）已进入千家万户，成为人们业余休闲的娱乐方式之一。电子游戏以其独特而丰富的表现力，被认为是继绘画、雕刻、建筑、音乐、文学、舞蹈、戏剧、影视艺术之后人类历史上的第九艺术。它赋予欣赏者的参与感要远远超出以往任何一门艺术，使玩家跳出了第三方旁观者的身份限制，真正融入到了作品中。在电子游戏中，一般都是使用动画作为主要视觉表达手段，而不是真人电影，这其中最重要最深层的原因是：真人电影的写实性和戏剧性并不能切合游戏构建虚拟真实的目标，真实的事物反而会影响欣赏者很好地进入游戏氛围中去，而动画这种想象力、表现力和自由度更高的影像艺术手段最合适。同时，使用动画作为宣传手段，更容易获得不同年龄、阶层甚至不同国家的受众的欢迎。

目前在游戏中，动画出现的主要位置是片头和游戏进行中的前后衔接。片头动画是游戏的脸面，充当着介绍游戏和吸引欣赏者注意力的目的，场面精致，制作细腻。但大部分并没有包含情节和戏剧成分，只是单纯渲染气氛，即使有，也只是以小品的形式，交待一个庞大概念中的一小段高潮。比较有代表性的就是游戏《刺客信条》（参见图 2-73 到图 2-76）的片头动画，动画讲述了游戏主角 Altair 进行的一次刺杀行动并成功避过了众敌追击。通过对角色帅气的刺杀动作、敏捷的身手和沉稳决断的刻画描写，交待了游戏发生的时间、地点、故事框架，很好地完成了对虚拟真实的代入，促使欣赏者对游戏产生浓厚的兴趣。前后衔接处的过场动画因为在游戏中处于承上启下的位置，相对片头动画包含的情节和戏剧成分更多一些，主要的作用是渲染气氛和交待剧情。比较有代表性的有《魔兽争霸 3》中部落首领萨尔和手下与深渊领主对抗的一段，紧凑的情节很好地延续了下来，同时预示了下一章的开始。

图 2-73   图 2-74

图 2-75

图 2-76

由于游戏动画对画面效果和气氛渲染的追求，相应的造型设计重点便与影视动画有了很大的不同。影视动画是以戏剧情节为主的，要求角色以情节为主，通过各种内在冲突和外在冲突的演进，表达情感、塑造性格。而前者要求造型设计包含游戏虚拟现实中的各种背景信息和细节，情节反而是其次的。首先游戏动画的造型设计是建立在游戏中角色的造型基础之上的，添加了更多的细节、面部表情、身体的服饰、配件，以带来更强的真实感。其次，动画造型要能够表现游戏中设定的时代、环境和风俗等背景信息，以唤起欣赏者的代入感，与游戏产生互动。要做到这些，就要求创作动画造型时考虑到方方面面，能够容纳尽可能多的信息。

在热门网络游戏《魔兽世界》（参见图 2-77）的片头动画中，没有连续的情节，直接通过特效的切换完成场景和主角的转换，在不长的时间里，把游戏中的几种不同风格的场景和造型特点迥异的种族刻画了出来，用强烈的视觉震撼，牢牢抓住了欣赏者的注意力。在动画中描述不死族（参见图 2-78）时，僵尸拖着苍白并开始腐朽的身体、稀疏的毛发、破烂的衣物，恐怖压抑的造型设计散发着骇人的气息。并且角色走过的地面，花草瞬间枯萎，生命被摧毁殆尽，表现了游戏中这个种族毁灭一切生命的本质；描写精灵族（参见图 2-79）时，运用了一段连续的奔跑镜头，角色是西方神话中标准的精灵面孔，但衣着却是类似猎人的服饰，颜色暗淡以便于隐蔽，体现了暗夜精灵与传统神化中精灵角色迥异的地方；描写牛头人（参见图 2-80）的场景很短，但也包含了大量的信息，不仅秀出了牛头人强健的体魄，身上由羽毛和骨骼做成的挂饰更说明了它们的宗教信仰——萨满教；兽人（参见图2-81）的登场最有震撼力，在烈焰滚滚的城市里，狂躁暴虐的兽人呲着长长的獠牙不断攻击、攻击、再攻击，绿皮人嗜血和好战的本性暴露无遗。在这些细致入微的造型设计中，整个游戏各方势力的特征和自然环境都很好地表现了出来，成功地完成了作为游戏片头动画的使命。

图 2-77

图 2-78

图 2-79

图 2-80

图 2-81

3. 新兴媒体动画的造型设计

新兴媒体已经悄然走近我们的生活，户外 LED 显示，楼宇、电梯内的电视节目，公交车、长途车上的移动电视，以及各地已经开始陆续试用的手机电视等，都是新兴媒体的代表。相较于传统媒体，这些交织在我们身边各个角落的影音传递者们更注重于公共场所的信息传播。因为人们在工作和休息甚至无聊时都会留意外来的咨讯，新兴媒体这时就可以发挥它的优势。

大多数的新兴媒体因为所在场所和播放时间具有封闭性和垄断性的特点，所以有很好的广告效应。事实上也正是因为其强大的广告效应，这些边缘媒体才能够迅速生根，发芽在我们周围。同时，强调重复性、内容黏着性和即时性也是新兴媒体生存和发展的手段，比如地铁中的移动电视，以两站之间最短的车程两分钟为例，之间的间隔或长或短，大约每两分种就会有人员的流动出现。在这样的情况下播出重复的、直接表达内容的节目最适合。所以，新兴媒体中最常播放的就是各种短小精悍，内容浅显的节目。

能够在两分钟甚至更短的时间中迅速地抓住欣赏者的眼球，并且具有高度的可识别性、记忆性，成功地新兴媒体动画角色几乎都具备这些特性。混音作品《疯狂青蛙》早在 1998 年就已问世了，但是在 7 年后，配上影像（参见图 2-82 和图 2-83）的该作才一举成名，在当年总价值为 1.33 亿英镑的英国手机铃声市场上占据了 31％的份额。这段神奇的影像是全三维动画作品，主角就是那只吵闹的青蛙。作者在设计动画造型的时候，充分考虑到了造型的可识别性和记忆性。首先，青蛙的造型突出了面部五官，大大的眼睛和几乎延伸到耳根的嘴唇能够让欣赏者轻松地辨认出来（参见图 2-84 和图 2-85），即使在拥挤的环境和狭小的显示器上（手机显示屏）也不会造成障碍。其次，造型的身体比例大概只有两头半身，短小的身体上没有太多的细节，所有细节和配饰均集中在造型头部上。这样的造型设计把欣赏者的注意力全部集中到了角色的面部上，再通过大量特写和中景（即使是中景，角色的面部仍占画面的大部分）景别镜头的反复，给欣赏者留下深刻印象，在很短的时间里就能被受众识别和记忆。还有现在在内地各媒体上都播放的《快乐星猫》（参见图 2-86 和图 2-87）系列动画节目，是一个跨平台的制作，不仅在电视台等传统媒体上播放，在手机、移动电视上也相应播出。该作的第一主角星猫的造型也使用了强调面部、头部的细节，缩短比例并简化身体细节的手段，力求在短时间内便让人识别并记住它。

图 2-82   图 2-83

图 2-84   图 2-85

图 2-86   图 2-87

2.3　课后练习

1. 谈谈日本的动画造型与美国的动画造型有什么区别和联系。
2. 分析一下新媒体的出现将会给我们的动画创作拓展什么样的空间。

三维动画造型的概念设计

本章主要阐述三维动画造型的概念设计，强调在造型设计最初阶段的原创思路的梳理。主要内容包括了如何确定动画造型的创作定位、如何分析和把握观众的情感投射状况、怎样做好动画造型概念设计的准备等。

本章重点：
- 掌握和理解"概念设计"的概念。
- 对同类作品比较分析，并提炼出设计概念的技巧。
- 三维动画技术特点在概念设计时的综合应用和考虑。
- 设计素材的储备。
- 概念草图绘画技巧的掌握。

　　在常规的动画创作总体流程中，造型设计一般是指需要根据动画剧本和导演意图将文字所描写的角色和相关道具进行形象化转变的设计，简单讲就是把抽象落实到具象的关键步骤。然而我们经常发现这样的情况：不管剧本里的文字描述得有多形象化，一旦委托不同的造型设计师进行设计，永远都会产生不同的结果——这些结果有些彼此之间相近，有些则相去甚远。

　　下面是一系列的根据中国古典名著《西游记》为蓝本改编出的各类型角色造型，如图 3-1所示为各类型的西游记师徒 4 人造型的画面。

图 3-1

　　这些造型分别属于不同影像作品的造型设计，由于采取了不同的演绎方式，有些造型设计甚至还引发了巨大的社会反响。如日、韩版的动画片将西游记中的人物部分融合进了不同的文化符号，如图 3-2 所示为日本孙悟空科幻类造型与奥特曼的造型。

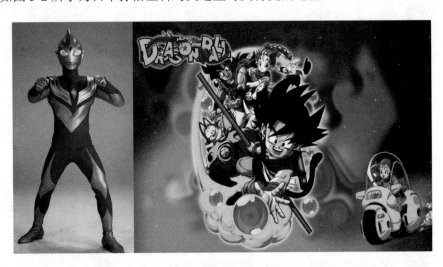

图 3-2

　　有的则刻意颠覆了传统观念中的经典形象，如图 3-3 所示为日本动画中的造型唐僧女角等。

图 3-3

这些动画多以商业片为主，旨在借助名著的广泛社会基础结合商业的元素赢得观众和市场，一般国家的观众在面对这种类型的作品时大多会泰然处之，因为片中有了很多他们所熟知的造型元素并符合他们的审美价值观，如滑板、摩托等。而对于我国的观众来说，这些造型在一开始亮相时就引起了观众的各种不满，由于这些造型是属于我们民族文化的一部分，人们已经奉其为经典并与我们审美价值观密切联系在一起，一旦这些造型被忽视或颠覆往往很难被立刻接受——当然，艺术作品的表现形式可以是多样化的，只要是真正好的作品，最终一定会被观众接受的。

3.1　什么是"概念设计"

从上面的例子我们不难看出，造型方案的确定一定是同动画作品的总体定位联系在一起的。对于设计出来的动画造型而言，一方面要统一于作品界定好的情境，保持和强化文字中所设定的特征和性格，另一方面则更要求具备鲜明的绘画形式和风格，如不同的地域特色、不同的表现手段、不同的人文背景等。最初由造型设计所设定的画面形式、风格是动画剧本和导演创作意图的体现和升华，也是整部动画作品艺术水平的重要衡量标准。

因此，"差之毫厘，谬以千里"，从我们准备动手设计造型开始，就必须确定最后的终点指向哪里。具体地说，应该是强调艺术性的幽默还是强调无厘头，是追求通俗的美还是求另类，总体上属于什么样的文化体系等，这就是说我们需要明确设计的概念。

通常我们把完成这类工作的人叫做概念设计师，他们主要完成的工作就叫"概念设计"。概念设计是所有创意产业里的重要环节，是我们所有设计的灵魂，如法国大导演吕克·贝松的作品《第五元素》中对未来世界的描述：高科技与传统、现代充分融合，与以往美国导演作品中的"钢铁科幻"大大区别开来，也给观众留下了深刻的印象。这些都源自设计师们所提供的全新的设计概念。图 3-4 和图 3-5 分别是第五元素的几幅画面以及星球大战的概念设计对比。

图 3-4

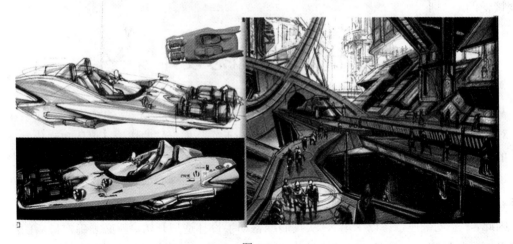

图 3-5

　　所以要想成为一个出色的造型设计师，就必须在概念设计这一环节争取到好的开始，从把"概念"的概念搞清楚开始。

　　"概念"在字典里解释为："是反映事物本质属性的思维产物。"概念如同词一样，词是句子的基本语义元素，通常作为每一命题的基本元素，概念是通过使用抽象化的方式从一群事物中提取出来的反应其共同特性的思维单位。

　　它具备两个重要的特性：一方面，概念是抽象的，即"普遍的想法、观念或充当指明实体、事件或关系的范畴或类的实体。"如"怪兽"这一概念是我们从一切奇怪的未见过的野兽或怪物的映像中提炼出来的，就像平日里大人吓小孩："再哭妖怪就来了！"，而事实上小孩子脑中并不知道"妖怪"具体的样子，只知道它是一个可怕的东西的"概念"。这些概念主要是由小孩子将平时害怕的具体的东西自己总结提炼成了那些吓唬自己的"妖怪"，是属于具象—意象—抽象的过程。另一方面，概念又具备自己的外延，也就是概念的范围，是指所有包括在这个概念中的事物。比如"苦"的概念范围是所有苦味的事物，包括味觉、情感等各层面，但日常我们往往将抽象的"概念"也等同地适用于在它们外延中的所有事物，比如说"吃苦"、"苦干"、"苦着脸"等，所以概念又是普遍性的，是抽象—意象—具象的过程。

由以上两重属性的具体分析我们可以了解到，事实上我们所有"概念设计"的思路也正是如此。首先由具体的事物总结归纳理解为抽象的"理念"，既具象—抽象的过程，这是一个比较漫长而曲折的阶段，因为需要花大量的时间和精力才能看到更多，就好像做调查报告一样，了解的越多得到的结论也就越有概括性——这是认知本体属性的过程，是一个积累的过程。第二是抽象—具象的思维过程，在该过程中我们将对该事物的本体认知进行推理、演绎、发散，渐而具象地呈现出来，这部分的关键是充分理解创作意图，并且在具体方案中融入具备准确指向性的元素。如图 3-6 所示为概念思维方式的树状图。

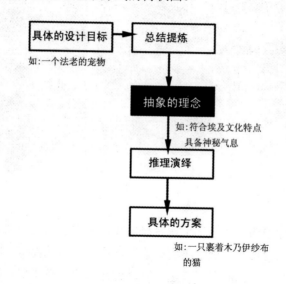

图 3-6

动画造型设计中的概念设计是最先开始的，但也一直贯穿设计的始末。概念艺术家通过设计概念将艺术创作所特有的感性和瞬间思维整理统一为理性思维，从而又有明确指向性地完成整个设计。

如图 3-7 所示为国外动画概念设计师的系列作品，包括草图和完整的方案。

图 3-7

总地来说，概念设计师的工作包括了探寻概念和运用概念两大模块。具体涉及到设计项目的定位分析，明确实现的可能性，视觉主题的借鉴，造型元素的提炼，明确造型的概念，概念造型的细化、系列化，造型设计的图形表达，概念设计的检验等诸多步骤。概念设计一头连接着故事原创的意图，一头又连接着观众的接受状况，将造型的设想与观众的接受心理充分结合起来，是极大发挥设计者的主观能动性的过程。

3.2　动画创作定位分析

3.2.1　什么是动画创作定位分析

动画创作定位可以具体分很多种目的，如纯商业性的与艺术观念性的，影院片还是短片，连续剧或系列片等，受众群体的不同、叙事方法的不同，以及呈现形式的不同等，都会带来不同的设计要求。

当然，创作环节中首先受到定位限制的往往并不是剧本创作而是造型设计。这是因为虽然通常剧本应该先被创作完成，但也会出现为了一个造型设计而专门设计故事的情况。就好像电影制片商为了某个明星而量身打造一部电影一样，前提是该造型必须准确无误地符合受众和市场。

动画创作的定位决定了整体的美术造型空间，具体来说，首先应分析涉及到的动画作品的类型，拿制作一部商业片来举例子：我们必须先考虑到成本和盈利的关系，正常情况下最大限度的利润回报是动画作品制作的客观驱动力，但同时作为文化产品来讲，达到什么样的审美标准，实现怎样的艺术价值也是一定要考虑的因素。那么制片商与剧作者、导演、美术设计等也就必须在这几个限制性条件中进行权衡，最后定出的具体的美术造型方案应该尽量达到投入小、利润高、有艺术价值等这些因素的最佳平衡点。

我们可以用商业动画的盈利模式作为参考，如影院片的盈利来源就包括了票房收入和延伸产品两部分；而动画电视连续剧则可能主要是广告运营的利润回收——这样的定位分析最终能勾勒出造型设计概念的范围：具备流行化的特征，体现一定的审美价值，适合控制制作成本，具备最大延伸产品开发的可能性等。如图 3-8 所示为日本动画片的延伸产品。

图 3-8

3.2.2　如何进行动画创作定位分析

1. 受众群体分析

动画创作定位分析首先要进行的就是受众群体的分析，即分析动画是给谁看的，我们要创造一个什么样的动画明星。这是一个很重要的问题。如果给低幼的儿童创作动画，那么造型就要适当地简练，结构几何化、色彩更明快，角色的性格也应该定位明确，以确保这一年龄段的观众能理解剧情从而对造型留下深刻印象，以求更多商业开发的可能。如图 3-9 所示为低幼儿童动画造型及相关的延伸产品。

图 3-9

　　而面对青年和成年人的动画作品造型设计就可以体现出更多的形式了，由于少年、青年、成年人观众群体有着自己成熟的判断体系，因此造型设计的重点可以由简单和烦杂的选择演化为更多元素和视觉主题的融合，如给青少年看的作品往往弱化性别，以强调青春气息的美感。如图 3-10 所示为日本圣童降临造型。

图 3-10

　　成人化主题的作品则不再因为是动画的形式可以回避很多元素，除了比较复杂的性格特征、思想状态方面的刻画以外，诸如暴力、情色等内容也在很多动画作品里展现。如图 3-11 所示为成人动画造型设计图片。

图 3-11

从上面的图片里，我们可以看出受众群的不同最后决定了造型风格的倾向。当然，这些风格也是可以相互融合的，如造型幼稚的《蜡笔小新》就是主要定位在成人阶段的，关键在于将成年化的主题与该造型风格相结合并产生轻松调侃的喜剧效果。如图 3-12 所示为蜡笔小新的图片。事实上，这种造型风格的建立同样是充分进行动画定位分析的结果，除了进行详细的受众群的划分分析以外，还进行了较好的"市场调查"，即同类创作分析。

图 3-12

2．同类创作分析

所谓同类创作分析就好比是产品研发时的"市场调查"。我们知道每个成熟艺术家所创造的图像在世界上都是独一无二的，这些不同的风格之间虽然会存在相近的关系但也必须保持一定的距离。如果和某种风格太接近则立刻会被其吸纳入图像体系，成为该风格的一部分，所以这也是自古以来所有艺术家的终身追求。如凡高的色彩、墨迪里阿尼的变形、安格尔的严谨、毕加索的意象，都好像是他们的签名一样让人一目了然，即使有人想模仿也终究难逃观众的眼睛。而动画作品既是大众文化的一部分，也要强调艺术作品的个性。如图 3-13 所示为一些绘画名作。

图 3-13

如上文提到的《蜡笔小新》，正是看似拙劣的绘画风格与成人化的主题的结合，使该作品在儿童动画和成人动画间找到了属于自己的位置。这种作品一方面吸取了低幼动画轻松、明快的特征，从而赢得了广大充满工作压力的上班族的喜爱，另一方面又将成本降到了最低的程度，使该作品风格迥异，产生了巨大的效益。

同样的案例还有美国著名动画连续剧《南方公园》，片中的人物造型类似剪贴画，但反映的多半是严肃的社会种族、政治冲突、人性矛盾方面的大主题，其中一集关于《魔兽争霸》游戏玩家的剧集更是获得了艾美大奖——对同类作品的充分分析是让造型设计师创造出全新概念的必要前提和保证。如图 3-14 所示为《南方公园》的动画截图。

图 3-14

具体的分析应该包括了针对成熟类型代表作品的深入研究，也包括了对该类型动画创作市场发展走向的预测——注意受众审美趣味的演化、制作技术的发展等一系列问题。这些深入的调查研究有利于概念设计师把握自己的定位坐标。

3.3　动画观众的审美趣味与情感投射

动画观众的审美趣味与情感投射也是我们在进行动画造型概念设计时必须要考虑的因素。

3.3.1　观众的审美趣味

无论我们的作品是基于什么样的创作立场进行的，归根到底作品是给观众看的。如果一部艺术作品能呈现特定的美感并产生特定的艺术价值的话，那么必须是创作者的思想与受众的积累修养共同作用的结果。而观众的审美趣味就是指在观众的审美活动中普遍表现出来的具有一定稳定性的审美倾向和主观爱好。

动画作品的创作是要充分考虑观众的审美趣味的，而一种艺术形式的发展走向也要受到受众的审美趣味直接影响。我们常常听到"严肃艺术"一词，事实上艺术都是人们抒发情感、精神娱乐的形式，但由于特定的时代和社会背景的受众范围不相同，一旦脱离了当时受众的欣赏习惯就容易将流行的文化转向较特殊的类型。如米罗的绘画，其抽象的图形、纯主观化的创作立场不一定能为大部分人接受；古典的芭蕾，需要人们完全投入到当时的情境里，并具备一定的音乐欣赏水平，以及理解肢体语言与音乐的习惯；京剧的唱、念、坐、打，形式多样、曲辞精练、意味悠远，但需要观众对古典文化的一定兴趣……其实这些艺术形式都和动画一样，属于传媒文化的一部分，但随着时代的变化、社会的发展，人们的欣赏和消费习惯都产生了巨大的变化，电视、电影的兴起使人们远离了"话匣子"里的梅老板，网络的快捷使地球上的所有人近在咫尺，3G手机的出现将使我们每人都拥有一部属于自己的移动终端，打开手机我们就可以随时欣赏各种视频或互动节目……资讯传递的速度和全社会的步伐一样越来越快，除了内容丰富的电影、电视剧之外，更多短小精悍的视频短片也广受人们的欢迎——当然，传媒产业运营形式的转变也对内容的发展起到了巨大的推动作用。因此，动画创作虽然是出与自于个人的创作愿望的，但我们还是要对受众群的审美趣味加以把握。如图 3-15 所示为新媒体形式。

图 3-15

1. 造型设计概念与观众审美趣味主观性的把握

动画的造型之所以难以把握准确，主要是因为观众的审美具备强烈的主观性，在很多时候我们无法迫使一个人去接受他所不喜欢的事物，并认为这一事物是一种"美"。但作为我们造型设计师，却应该极力去追求一种普遍性的认可——从一定意义上来说，这属于一种矛盾的关系。

审美趣味的主观性并不等同于个人无法控制的生理性爱好。比如，喜欢什么味道的食物，睡多软的枕头等，审美趣味的主观性是来自于观众社会基础的不同的，诸如：受文化教育的程度不同、生活环境的不同、心理状态的不同等、对美的感知力的不同，都决定了观众有着多种多样的审美趣味指向。

那么，我们应该以什么标准去确定一个能吸引尽量多人群的设计概念呢？

首先，不能被动盲从，即使"审美"来自各种习惯性的社会生活积累，人们也不是只愿意接受一种类型。我们常说，人们常常向往"生活在别处"——基本喜爱看电影的人多少都有这样的倾向。而动画艺术的优势在于"高假定性"，这种高假定性比实拍的影象更为自由，更适合最大限度地发挥人类的想象力，给观众带来新鲜的体验，如《魔女宅急便》中的意大利海岸风情、《花木兰》中的巍峨的中国皇宫与姿态万千的古典仕女、《熊兄弟》中神秘的印第安人的火堆、《埃及王子》中巨大的法老雕像等。这些就好像是旅游片中不同文化气息的造型元素（包括了声音造型元素），大大吸引了观众的眼球，这些观众来自不同国家，有不同的文化背景，片中的造型是观众的真实生活中未曾见过的，甚至和他们日常的行为准则截然相反（如《亚瑟和他的迷你世界》中以大肉虫的排泄物为饮料），但全新的感观体验和精彩的故事却给我们打开了通往另一个世界的大门，而事实证明观众主观性的审美趣味却并非狭隘的审美趣味。如图3-16～图3-19分别所示相关的电影截图。

图 3-16

图 3-17

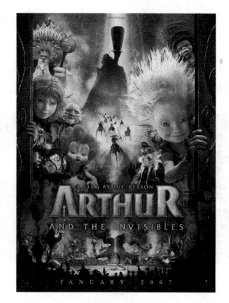

图 3-18　　　　　　　　　　　　　　　　　图 3-19

　　其次，展现新的审美趣味也要具备良好的技巧。我们经常有这样的体会：出发前梦想着郊游的美妙，但是到了郊区却发现有很多不尽人意之处——爬山的辛苦，生活的各种不便。所以说要想以某种特定的审美趣味引发观众的兴趣，必须提炼出该风格体系中最有趣味的特点。

　　比如以美国西部牛仔的生活为背景的造型元素强化了牛仔自由不羁、勇敢狂放的侠客精神。看似不修边幅的乱发、满是破洞的粗帆布衣服、已看不出颜色的围巾却在刻意地艺术加工下转化为一种特定的"审美"体系，如图 3-20 所示。

图 3-20

　　这种审美体系对于从未了解美国文化的人来说是陌生的，甚至是抗拒的，正如以前我们身边的老年人往往很难理解为什么膝盖上开了洞的牛仔裤要卖到上千元一样。现在更多的人基于美国文化极广的流传性也接受了这一审美体系，也就是说，人们的审美趣味在一种人为提炼的引导作用下被转变了。

　　推荐给观众一种新的审美标准，就好像给观众推荐一个人一样，其总体形象应该是完美而有魅力的——这种魅力主要是指在造型特点基础上形成的优势，当然并不是一定都要"漂亮"。如动画片《美丽都三重奏》中的造型虽怪异但也充满特点，故形成了非常好的观众缘，如图 3-21 所示。再如著名的奥斯卡最佳动画短片《堕落的艺术》中的造型，也因是怪异和丑陋见长，形成了很有魅力的艺术风格，如图 3-22 所示。

图 3-21   图 3-22

观众只会对具备完整典型性的造型产生好感，从而建立起新的审美趣味——顺便提一点，电影剧作家往往刻意颠覆这种规则。正如在著名喜剧演员威廉·罗宾斯主演的美国电影《休旅假期》中，本来全家人想开一辆旅行车外出过一个欢乐而浪漫假期，但是途中却遇到了一系列的麻烦：驾驶的疲劳，清除厕所的难堪，意见不统一时的争吵，电影的截图如图 3-23 所示。片中完全颠覆了观众主观上对"旅行车假期"的审美愿望，刻意强调客观存在的种种"唱反调"的插曲，结果成功地把主题转移到了家庭成员的心灵沟通上。

图 3-23

事实上，在我们的动画创作里，巧妙颠覆主观审美趣味的手法比比皆是。如《玩具总动员》里的巴斯光年，如图 3-24 所示。

图 3-24

　　它有一身高科技的装备，自豪于自己是超级的宇宙英雄但实际上却只是个玩具，直到它认识到人生的价值在于勇敢和真诚。同样的例子还有很多：《勇闯黄金城》里的土著人头戴兽皮看似野蛮凶残，但事实上却是个善良温和的民族；《怪物史莱克》几乎颠覆了所有人们心目中传统的童话形象，三只小猪、大灰狼、白雪公主、会喷火的猛兽巨龙等，在让观众感到意料之外的同时也形成了一种全新的审美趣味，如图 3-25 所示。

图 3-25

2．造型设计概念与观众审美趣味普遍性的把握

　　审美趣味一方面由于观众各自不同的社会状况产生了不同的主观指向性，另一方面又与当时总体的时代背景和社会背景有密切联系。虽然个人天然形成的喜好、偏爱的基础有所不同，

但后天的由总体社会完成的教育和社会实践则起到了审美指向的决定性作用。

一个符合观众审美趣味的造型设计概念除了要有引导观众审美趣味主观倾向的能力外，还必须要符合观众审美趣味的普遍性。这种普遍性是某一个时代、地域、社会阶层所特定的、共同拥有的审美要求和审美趋向。

我们不妨将迪士尼的动画造型和日本的吉卜力动画工作室（代表人物宫崎骏、高畑勋等人）的动画造型风格做出一个对比。迪士尼的动画模型如图3-26所示。

图 3-26

迪士尼的造型总体上强调圆润、概括性强，结构比例多为"Q"风格的造型，眼睛为"贝壳眼"，圆圆的外框、黑黑的眼珠表现出动画造型的灵动；而吉卜力的动画造型并未突破日本特有的风格范围，总体上偏写实风格，几何概括比较少，但线条圆润，在角色造型上也普遍强调"圆"的概念，如图3-27所示。

图 3-27

　　吉卜力的动画造型在面部的设计上同样着重刻画眼睛的造型设计，通过强调瞳孔的神采以表现角色的精神气质。此外，这两种造型风格也常常强调"弹性"的变化。从具体的对比分析中我们可以看到，虽然这两种造型风格来自于不同的文化背景但却有着相似的的观众群体；虽然写实和夸张的程度有所不同，但形体上的以"圆润"产生亲和力的设计意图确实相似；而在塑造角色人物的"可爱"这一特征时，二者虽然在总体形态上各自采用了夸张和写实的手法，但都在眼部的处理上采用了接近程度的夸张手法。显然，这些造型是成功的，它们都广受世界观众的喜爱，而这些造型的相似之处正是观众审美趣味普遍性的一种表现。

　　不论哪个国家的观众，都是社会生活中的一部分，因此捕捉到一定时代中人们审美的社会共性是把握观众审美趣味普遍性的关键。这些审美的共同趣味趋向基本分两大类型。第一类是跨越了时代和地域界限的观众的审美趣味，这些通常是人们基于外部造型而作出的本能判断习惯。比如前面所述的美、日造型风格中关于可爱的、漂亮的、美丽的造型特征：大大圆圆的眼睛、长长的睫毛、柔顺的身姿等都是美丽和聪明的特点，而粗壮的无脖子的造型给人以"憨厚可爱"的印象，粗眉毛、大咧嘴、倒三角是鲁莽缺乏教养的家伙的特征，小眼睛、鹰钩鼻是狡猾的反派人物等，分别如图 3-28 和 3-29 所示。

图 3-28

图 3-29

审美的共同趣味趋向的第二类是有一定限制前提的审美趣味，主要是和不同观众年龄段或不同的知识结构等密切联系在一起的。如小朋友比较喜欢看色彩鲜明、造型简练的三头身比例的卡通造型；而青少年则喜欢青春靓丽型的造型；造型另类，或写实或夸张且具备一定绘画艺术特征的造型比较适合脑力劳动者等，如图 3-30 和图 3-31 所示。

图 3-30　　　　　　　　　　　　　　　　　　图 3-31

总地来说，普遍性的审美趣味是我们通常比较了解的，如果说把握审美趣味的主观性依赖于寻找和开创个性鲜明的新造型风格审美体系的话，那么在造型设计审美普遍性的把握上则重点在于选择，以及如何进行选择，选择什么样的审美标准作为设计的目标和依据。这是要充分结合作品表达的主题思想来进行的，比如 PIXAR 的动画造型通常以最大范围的观众为争取对象，所以沿袭了传统的美国卡通造型风格，如图 3-32 所示。

图 3-32

而一些艺术观念短片出于类型创作的目的，则往往与大众的审美趣味有意保持距离，形成独特的风格并与自身作品的主题思想融为一体。如动画艺术短片《方舟》，讲述了一个精神障碍者的幻想，同时也带有深深的生存危机，所以片中的角色造型诡异、丑陋，总体上营造了一种心理的恐慌感，从而揭示和深化了故事主题。在影片中，造型的审美趣味的指向除了具有观赏性之外，也具备了极高成分的叙述功能。

所以，观众审美趣味既具备主观差异性的一面，又具备社会共同性，是二者的统一，而动画设计的概念也就在对其研究认知的基础上逐渐探索出方向。

3.3.2　观众的情感投射

除了观众的审美趣味以外，下面我们来谈谈观众的情感投射这一问题。一个受观众喜欢的动画形象首先是符合观众审美趣味的，这种审美趣味的把握使我们在设计造型的一开始就有了一个明确的大方向，虽然并不能保证最后达到的具体结果一定能尽如人意——这就涉及到我们对观众具体审美过程的研究，只有了解到观众对动画造型审美的具体心理状态，我们才能做到有的放矢，既完成我们自己的创作，实现抒发情感的愿望，又保证和更多的观众产生共鸣，从而真正实现作品的艺术价值。

具体来说，情感投射是审美的一种形式，可以简单地解释为观众在某种心理作用下，将自己的主观想法像投影仪投射画面到幕布上一样投射到客体上，而客体就是我们的动画造型，如图 3-33 所示。

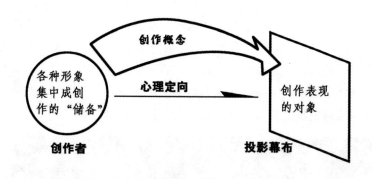

图 3-33

同时，动画造型也是造型设计师情感投射的产物，设计师们将脑中积累的各种形象集中成创作的"储备"，并根据大方向在大脑中筛选处理，只留下具有一定类型化特征的资料，这就形成了明确的心理定向。然后我们将大脑中的抽象概念投射到创作表现的对象上，再以动画美术造型的形式和技巧具体地表现出来。一个成功的结果就是作者情感投射的结果和观众情感投射的结果，这二者是一致的。也就是说，作者的表达正触动了观众相同指向性的感知，于是共鸣就产生了。

在三维动画的创作过程中，我们利用三维动画强大的真实模拟功能常常能达到以假乱真的视觉效果，巨大的视觉冲击力会让观众流连忘返。但事实上，三维技术从未有过的自由实现能力也是一把双刃剑，为此三维动画也往往比其他动画形式更容易与观众擦肩而过。

如 2001 年由 Square 公司投资拍摄的全三维动画电影《最终幻想》（又译为《太空战士之

灭绝光年》），这是电影史上第一次全部用 CG 技术实现真人表演的作品。除此之外，制作人员还开发了专门的毛发系统，为女主角设置了 6 万根质感逼真的数字头发，这在当时也是轰动一时的壮举。也正因为如此，《最终幻想》被誉为电影技术史上新的里程碑。然而让制作方大出意外的是，这部电影票房惨败，制片方损失了上亿美元，电影截图如图 3-34 所示。显然，在这个著名的创作案例里，作者创作的初衷和观众的情感投射南辕北辙了。这是怎么回事呢？下面我们就从观众的情感投射方面来进行分析。

图 3-34

《最终幻想》是根据日本著名的电子游戏改编而来的，其总体的风格和情景都是这款畅销游戏的延续。在互动游戏中，游戏玩家以第一人称的身份扮演游戏剧情中的角色，悬崖、怪兽、刀光剑影都让他们身临其境。在游戏中，逼真写实的造型风格正是玩家主动参与、自由掌控的情感投射的反映。所以诸如虚拟空间、回馈力的手柄、遥控的"球拍"等都能提供给人们虚拟世界中真实体验感产品越来越成为游戏的主流。游戏图片如图 3-35 所示。

图 3-35

结果证明这款游戏的成功误导了电影的创作理念，大师坂口博信主观地认为全真实的 CG 效果也一样能吸引大量的电影观众，可是以下几方面的欠缺使制作人员全部的努力成为泡影。

（1）游戏是互动的，而电影是播放的，所以观众对于二者所产生的情感投射有相似之处但也有区别。

相似之处在于观众通过 CG 技术实现了猎奇的强烈心理愿望，而真实质感是完成"通感"的保证；区别之处在于，游戏中一方面角色的纯写实风格给玩家强烈的参与感，另一方面角色又必须是虚拟制作的，以确保玩家处于主控地位，而电影院中的观众除了对一些强调视觉冲击力的元素（如自然灾害、太空场景、奇怪的生物等）期待 CG 技术的出色表现外，对于一缕长发的飘动、桌布的皱褶却并没有过多的心理期望。

（2）当时的技术尚未实现完全的超写真效果。

影片中大量刻画的是"活人"，事实上这对于制作方来说是一个极大的挑战。观众对于"活人"的情感投射状态是多样化的，而人们对于《侏罗纪公园》中的恐龙是宽容的，大家不会对恐龙的嘴角是否上翘有太多的要求，对于《指环王》中的魔神大战也不苛刻，只要上百万的军队能让我们心潮澎湃即可。但事实证明电影中仿真人角色的半真实状态并非和观众心目中期待的完全吻合。电影图片如图 3-36 所示。

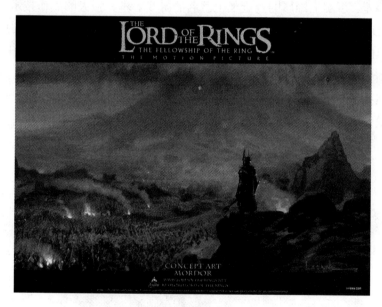

图 3-36

（3）人们对动画电影的期望往往是期待特定的美术造型审美，而非完全逼真的还原效果。如果追求完全的逼真效果，最好的方法就是实拍，即使是安格尔的油画也是建立在写实基础上的升华创造。虽然电影《最终幻想》把故事设置在宇宙外太空，但仍然未摆脱现实的制约，该片的很多场景都是用夏威夷和日本横滨作为外景地。看多了科幻电影的观众在走进电影院之前脑子里就早已装满了各种各样的设想，当看到了全 CG 创造的外太空和夏威夷有点相似时，多少会产生不满的情绪。因此有人曾评论："坂口博信手里拿着天马行空的通行证，却硬要把自已捆死在一棵树上。"《最终幻想》电影图片如图 3-37 所示。

图 3-37

就以上 3 点来说,这部影片在整体的创作定位、制作技术、美术设计等方面都与当时观众的情感投射有偏差。事实上雄厚的资金加上著名的游戏蓝本、强大的制作技术、成熟的创作团队,以及广受欢迎的科幻题材都使这部电影符合主流观众的审美趣味,但是实施的错误却促使人们开始从狂热的技术追求中清醒出来,反复思考关于"电影科技是手段还是目的"这一命题。

当然,随着时代的发展和技术的进步,这些问题已经有所不同了,虽然第一部受挫,但 Square 公司仍然投拍了《最终幻想》的第二部《圣子降临》,如图 3-38 所示。第二部从总体上讲,故事、视觉效果、镜头语言都有了很大的改善,反响也大大不同了。

图 3-38

所以总地来说,观众审美趣味是创作者们在一开始设计时掌握大方向的船舵。而在详细地分析观众的情感投射时,应巧妙地把握住自己的创作想法与观众心理愿望的平衡,创造出让人们真正喜爱的动画造型则，这是我们在设计工作中需要格外注意的问题。

目前很多热衷于三维动画学习的人们往往基于对三维技术的喜爱，以技术的掌握为着眼点介入专业创作，一味追求所谓的"大片"效果，结果无论故事还是情感都表达得过于贫弱。而反观历届国际大奖的获奖作品，往往是在简单处见高超。动画是讲究意境美的艺术，想要有好的创作必须有丰富的情感和周密的安排，这样的创作思想才是我们在校的专业学生应好好理解和消化的。

3.4 实现的可能性

实现的可能性包括设计概念和寻找造型的概念两部分。

1．设计概念

创作的前期条件是想象规划，具体来说是首先要让自己充分体会所设计对象的感受，这是"移情"的部分。然后由于立场的统一，促动了设计师更多的联想，由联想才能产生出主观想法，并将主观想法以图式的形式投射到作品方案上。联想和情感投射的结果又可以反过来重新激发作者新的"移情"思维，并形成再次循环，产生更多的结果。

这是一个反复思考的过程，为了保证行之有效，我们应该考虑到足够的实现可能性，因为我们从事的是三维动画造型设计工作，三维造型的表现并非像绘画造型一样可以自由控制，软件技术的限制往往使我们的手绘方案成为无法实现的空想。

这一思考的过程包括了造型结构的设计、表演形式的设计、软件制作的条件等，这些都决定了我们在创作时方案不仅仅只停留在空想的概念里，而是一定要在手脑一起行动的情况下进行，不断地拿出方案又不断地推翻或重新演绎，从各方面反复论证设计方案的可行性。虽然我们进行的是前期创意，但这一创意需要后面所有流程的认可。

总地来说，设计概念是我们进行设计创意工作的核心，是动画艺术家产生的关于整部动画作品的构思和想法，而且这些想法一方面来自于作者的感性思维，并以综合、抽象、概括、归纳等思维方法对创意进行整和、调度，找出其中的内在关联，从而形成主导的方案。另一方面则来自于客观条件的制约，包括绘画能力、沟通能力、解决技术难关的能力等。这些都是我们应该具备的能力，由于受到动画作品创作思想主题的指引，我们的造型美术设计的设计概念具有特定的指向性，从而保证我们设计出的动画造型能充分发挥三维动画的优势，并具备独特性。

2．寻找造型的概念

一个造型的诞生可以有不同的前提，一种是先有剧本，由剧作家做好一切的规划，大的方面包括规划在什么样的时代、什么样的社会状况、有多少角色，以及他们之间的相互关系如何等；小的方面包括了角色的形态上的细节、性格上的细节，如戴什么样的帽子、穿长袍还是坎肩、有什么样的武器等。另外还有表演上的细节，比如说走路的时候驼不驼背，速度怎么样，习惯说什么样的口头禅，发火的时候脸上的五官会变成什么样子等。总之，如果是合格的动画剧本一般都会以文字的形式将角色形象较好地塑造出来，而造型设计师则是将角色形象的文字概念与形象创造性思维、技巧充分结合起来，并具体以画面的形式呈现出来。在设计中，设计师的工作是剧作家工作的再创造，需要和剧作家进行充分沟通。《赛车总动员》中的部分角色造型如图 3-39 所示。

图 3-39

造型诞生前提的第二种是只根据一个故事概念，或者在尚未想到故事的情况下，自主创造出形象并探索更多的可能性，然后从具体的角色造型逆向返回构建并完善故事的环节。这种创作过程与前者相比，一方面在发挥空间上有比较大的自由度，可以不受束缚地思考以便能产生新奇的方案。但这种创作过程也比较难，因为一般来说有了好的限制才有好的创造，一旦少了故事的特定指向条件，设计师天马行空的思维很容易陷入多重标准的被动局面。如图 3-40 所示为国外概念设计图。

图 3-40

事实上，无论是采用哪种创作流程，我们的设计都需要一个既定的概念，这样才能围绕故事中心并进行纵向深入的研究追求，将造型设计成真正拥有自己的性格、习惯、家族、历史等。比如电影里的怪物史莱克，通过影片艺术家们的设计，给我们留下了一个爱洗泥巴澡粗鲁的怪物形象，这个形象除了有粗壮的身形外，还有善良的微笑。它住在森林里，基本上是一个劳动者的形象，而它的生活细节也被安排的和森林密切相关，如图 3-41 所示为《怪物史莱克》系列片中的截图。

图 3-41

它有非常不好的卫生习惯，并且手脚趾关节粗大，衣服装扮则参考了欧洲中世纪时期农民着装的特点，如图 3-42 和图 3-43 所示。

图 3-42

图 3-43

而在它的种种习惯中，睡觉爱打呼噜、发脾气时龇牙咧嘴是留给观众印象最深刻的，这与片中的费欧娜公主比起来是缺少教育和修养的表现——显然，剧作家是有意识地将两个原本格格不入的角色放在一起，就像《美女与野兽》、《金刚》一样，分别如图 3-44 和图 3-45 所示。这种极大吸引观众的戏剧矛盾冲突是首先由这些造型概念定位的不同而产生的。

图 3-44

图 3-45

总而言之，对于有故事剧本的造型设计来说，剧本提供了完善的概念系统；而没有剧本作为依据的，则是由艺术家将不同元素进行整合，并以其中一项作为主导线索进行拓展延伸的。这些"概念"在一开始还都只是给我们指出了方向并相对界定了范围，那么这些范围里到底有哪些造型元素可以被选用，哪些又是能起到准确指向性作用的图像"符号"？又怎样准确地将其以绘画的形式最终呈现出来？这些都是我们下面要解决的一系列问题。

3.5   素材的积累

我们常常从各种视频教程中看到很多著名项目的概念设计师在演示创作的时候可谓笔走龙蛇，当他们在很短的时间内像变戏法似的勾勒出各种造型方案的时候，我们都相信他们似乎是专门为了演示而准备的。但事实上我们首先应该认识到一点：他们对于各种素材的掌握量是相当大的，古人形容画竹子时的从容为"胸有成竹"，意思是将各种竹子的形态都融汇于胸，然后在创作时就可以随心释放出各种艺术造型。而作为一个合格的 CG 动画造型设计师，这也是同样需要的，没有素材的积累就没有艺术的创造，即使有成熟的文字剧本提供好文字性的造型概念的设定，我们也仍旧要踏踏实实地对图像资料进行整理、归纳，重组并进行创作。

一名优秀的造型艺术家的标准除了要有出色的表现技巧以外，更重要的是他所具备的综合素质。素材的积累决定了眼界的开阔，而眼界的开阔又通过创作成果具体表现出来，所谓"厚积薄发"——这里的"积"就是指素材的积累。

素材主要包括了人文方面的素材和自然生态方面的素材两大类。人文方面的素材有不同国家地域产生的造型元素（服装、城市建筑、道具等）；自然生态方面的素材有各种植物、动物的形象和结构形态等。另外，还有不同的艺术创作成果如各种艺术观念、造型风格、实现手段等。我们很难说清楚具体有多少门类，其中有很多内容也可能同时属于几个门类，完全可以由我们视自己的情况而定，但最重要的是我们要把这些素材储备下来。总地说来，储备的方法有以下几个。

首先，要学会体验生活，善于对个人生活经历进行提炼和总结。我们身边经常都会发生许多有趣的事情，比如下起雨时马路上的行人有不同的避雨方法：有的人用报纸挡雨；有的人抱着箱子硬挺着加快跑、虽然慌张但又怕跌倒；有的人从容地拿起伞来慢慢走；有的人也很从容地在漫步，但在时尚的衣着之上却用一个粉色塑料袋套着头，如图 3-46 和 3-47 所示。再如，周围的人不经意间提到了一个很有趣的笑话，在闲聊时听到别人有趣的关于某种事物的描述等，我们要多留意、勤发现这些身边小事，注意把它们记录下来，形成素材库。也许一开始比较难做到，但是如果能坚持一段时间，我们就能养成善于积累的好习惯。

图 3-46   图 3-47

其次，要充分利用身边的媒体资源。从传统意义上的平面媒体（如报纸、杂志、书籍等）到电视、电影、网络等电子媒体，再到各种移动媒体，现如今传播技术空前发达，特别是网络传输的快捷使各种图像资讯也越来越多，我们可以极其方便地通过电脑或手机下载到有趣的图片，并以数字方式保留下来。我们可以在自己的手机存储卡里建好分类的文件包，不管你是在书店还是在街头，只要发现有趣的事物或景象都可快速拍摄下来。也许你的手机不具备很高像素的摄像头，但只要能拍摄下来并转存到自己的电脑里，就可能在以后派上用场，如图 3-48 所示。

图 3-48

　　第三，要注意分类和整理。对自己收集来的资料最好要进行随时整理，因此我们在一开始就应该做好一个大概的分类。比如为平面资料准备自己的剪贴簿，看到报纸上或杂志上有好的图片就可以剪裁下来，按照人物、自然、人文、传奇等类分好，一剪下来就马上贴到剪贴簿中——这有助于我们收藏，因为如果事后再去整理往往会在不经意间把图片弄丢。当然，还有比剪刀和胶水更便捷的方法，那就是用手机或者小型的数码相机将前面所提到的分类图片在电脑里建好资料文件夹，分别命好名字，然后将数码图片一一收集进去。而对网络上的各种资料也应分门别类地整理好，以便当我们有了大概的设计构想时可以很快地找到所需要的资料。事实上，再大的硬盘储存量也是有限的，而网络中的资料丰富且不断更新，我们不妨把这些网址收藏起来，将收藏网址和下载存储相结合，既可以节省硬盘空间，又可以避免因网页更新而错失好图片。如图 3-49 所示为拍摄和下载图片所用的数码相机和电脑图片。

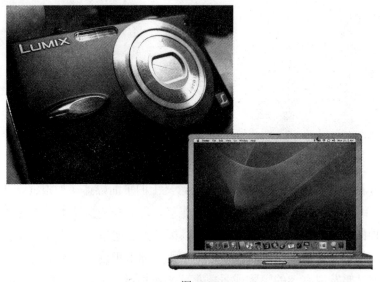

图 3-49

　　俗话说"台上三分钟，台下十年功"，常年的素材储备是让你将来下笔如有神的坚实基础。

3.6　设计理念的寻找

学会了积累素材，下面就应该学会如何将之充分利用，而设计理念这时也可以被慢慢发掘出来了。

动画假定产生的趣味性首先来自于动画元素的多元化，正如著名的电影理论家巴夫洛维奇所说："电影却能创造出像在现实生活中一样彼此分不开的空间、时间和运动的具体真实的、几近完整的幻觉"。而动画的造型设计一方面可以将造型素材进行主观化、理想化的处理，求得趣味性的变化（如图 3-50 和 3-51 所示的系列夸张变形的小动物）；另一方面又可以自由地将不同类型的元素进行整合再创造（如图 3-52 所示的系列夸张变形的怪物）。

图 3-50　　　　　　　　　　　　　　图 3-51

图 3-52

3.6.1　纵向的发掘

在动画艺术中我们掌握着起死回生的能力，主观化处理很多客观事物常常可以得到意想不到的效果。在电影技术发明的早期，很多艺术家就很敏锐地意识到利用连续影像技术可以创造出特别的动画视觉效果，如 1900 年爱迪生工作室的英国艺术家布雷克顿就创作了被称为"把戏电影"的《奇幻的图画》，片中将黑板上画出的粉笔帽子和酒瓶统统变成了实物，而粉笔的人物肖像则有了活人的情绪并与实拍的主人公产生互动，显得妙趣横生。美术绘画的"自由"从画布移民到了荧幕上，因此动画片中的角色也早就突破"人"或"生物"的概念，花草、树木、建筑、云雾、风烟等都可以翩翩起舞，而自从三维动画出现之后，逼真的材质和光影使这种视觉体验更为奇幻。如20世纪80年代PIXAR公司制作的第一部动画短片《跳跳灯》，片中的主角就是后来成为皮克斯象征的跳跳灯，小台灯除了有妈妈之外还有一个特大号的灯爸爸，它们是一个完整的台灯家族，如图 3-53 所示。虽然作者并未给小灯习惯性地加上眼睛、鼻子等生物特征的元素，但是却充分利用了台灯的结构特征进行表演，片中的造型让我们联想到很多人类特有的性格特征：执着、勇敢、重视亲情、突破成规等。

图 3-53

　　因此，我们寻找设计概念的第一种方法便是纵向拓展，即以联想的方式将某种素材进行演绎、夸张并设计成可以运动表演的动画造型。

　　只要有善于联想的习惯，我们在生活中就能发现很多适合做成动画片的造型素材，如长在墙根中的老树长得很像《指环王》里的老树精，如图 3-54 所示。

图 3-54

码头上一排排的大吊车就像正在排队站立的钢铁长颈鹿，如图 3-55 所示。

图 3-55

医院的大楼很像一个裹着绷带的方方的家伙，如图，3-56 所示。

图 3-56

看到这些，我们可以马上在大脑里产生联想，以速写的方式记录下来，如图 3-57 所示为速写作品。

图 3-57

其实就像《跳跳灯》里的小台灯一样，作者甚至都没有给角色赋予夸张的造型变化，但正是这种将平凡化为神奇的想象让看惯了迪士尼米老鼠的人们为之惊喜。

联想产生结果的特征是意象的形态，所谓意象就是介于抽象和具象之间的艺术形象，是客观物象经过创作主体独特的情感活动而创造出来的一种艺术形象。比方说，我们因为先前看过了长颈鹿并了解其结构形态，而在后来看到形态结构相似的码头吊车时，就主观地把二者联系到了一起——长颈鹿给我们留下的映像就是主体的"情感活动"，而大吊车就是"客观物象"。随后，我们把大吊车看成是钢铁做成的仿佛会动的长颈鹿就是"意象"。整个思维过程如图 3-58 所示。

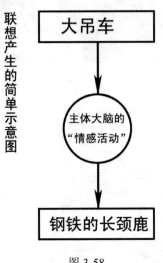

图 3-58

具体来说，我们应注意以下几点。

● 善于形态归纳：可以想象，如果我们无法把长颈鹿的形象归纳为几个部分的组合的话，自然也就不会把它和大吊车联想起来了。

● 结构的理解：吊车之所以特别像长颈鹿，是因为吊车的"身体"、"脖子"、"脚"的结构和后者非常相似，这种结构的相似比起单纯的外在形象更适合作为造型演绎的依据。

● 结合原有特征进行适当夸张：如果把"跳跳灯"安装上两只人的脚，相信就没有现在"跳跳"的活泼可爱了。我们应该以某种事物为素材进行纵向的演绎，尽量发掘出造型、表演、性格等多方面的可能性。古人评价好的艺术作品为"气韵一致"，而好的动画造型也应该调动所有既定的元素。这一点，早在 1932 年迪士尼公司出品的《花与树》中，就有很好的体现了。树木、花草、鸟、虫、云、火等统统被妙笔点化而使得情节精彩纷呈，堪称地道的"森林总动员"，如图 3-59 所示。

图 3-59

正如宫崎竣的作品《龙猫》中只有儿童纯净的心灵才能感受到"多多洛"的存在一样，出色的动画艺术家也始终都应该保持着一颗童心，将天真烂漫的想法转化为冲破思维定势的形象思维习惯，这样才能得到灵感的召唤。如图 3-60 所示为《龙猫》的截图。

图 3-60

3.6.2　横向的融合

1．横向融合的两种情况

1）不同类型的造型种类的融合

横向的融合简单地说包括两种情况。第一种情况一般是指将不同类型的造型种类进行融合，如将不同动物、植物的特点相互融合起来，这些特点包括了造型、性格方面的，也包括运动表演特征等几个方面。

这种方法历来被广泛地用在各种题材当中，中国的龙和麒麟、威尼斯的飞狮、埃及的狮身人面像等都是这样被创作出来的，特别是魔幻风格的 CG 作品（如《指环王》）里三维特效制作的各种怪物中,"戒灵"所乘座的飞龙就是典型的组合产物,如图 3-61 所示。

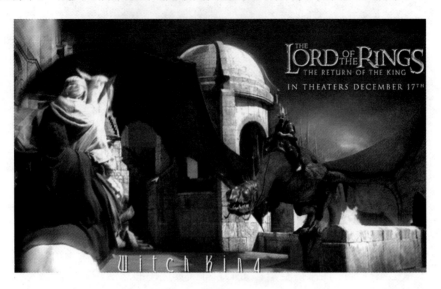

图 3-61

在图 3-61 中,将恐龙的特点与在西方宗教中代表邪恶的蝙蝠的翅膀结合在了一起;性格方面则充分结合了上古生物的凶猛和蝙蝠的诡异;而在运动表演方面,这只龙被设计得像一架重型运输机,将蝙蝠和恐龙的特点结合起来,翅膀扇动得缓慢而沉重——倘若没有兼顾周全使龙飞得过于轻快的话,只怕就会大大抵消片中这位"魔都"使者的派头了,如图 3-62 所示。

图 3-62

当然,将不同的特点组合不只是用在制造恐慌的怪物造型上的,我们还可以对不同的造型风格进行塑造。如《怪物电力公司》里就有一群非常可爱的怪物,大眼仔和长毛怪永远是一对捧哏和逗哏,大眼仔怎么看都是一只长了腿和脚的眼球,而长毛怪则非常像一只胆小的长毛蓝色大猩猩,如图 3-63 所示。

图 3-63

2）多元主题的文化特征的融合

横向融合的第二种情况是多元主题的文化特征的融合。

所谓的"文化"是指"一个民族、一个时期、一个团体或整体人类的特定生活方式。"在大多数的情节动画片中，情节所涉及的时代、社会背景都有独特的文化特征，这些文化特性具体是由动画造型中的符号化元素表现出来的。这些元素符号被分布在各个部分，各个造型的身体形状、结构、衣着、装饰、武器、言谈举止、态度、颜色、时间和文化历史等方面。在同一部作品中，这些造型元素普遍体现出一种相似的风格和特征，如在暴雪公司出品的电子游戏《魔兽世界》中，不同种族都有着各自的符号特征：人族的造型是西方封建王室的装扮；兽族则除了有很多动物的符号（耳朵、牙齿等）之外，主要是以木棒、兽皮等强调了"蛮荒"的原始文化的工具为主；魔族中以骷髅为主的造型元素强调了巫术的文化；神族则通过女性、尖耳、月亮之类的各种装饰品强调了"神"的宗教文化。如图 3-64 所示。

图 3-64

造型设计师在设计这些种族的时候，把大量的精力放在了文化元素的组合和区别上，这种做法有效地吸引了无数的玩家在网络平台上投入不同的阵营并进行虚拟战争。

而在美国动画电影《鲨鱼黑帮》中，动画设计师们将海底的生物世界与美国现代社会的文化融合了起来。片中主角（由著名黑人影星威尔·史密斯配音）的造型虽然仍然保持了鱼类的特征，但却是一身嘻哈装扮，举手投足间都表现出典型的美国黑人说唱的风格特点；其余的角色比如电视台的记者、修船工厂里的"工友"、赌马场里的恶霸和帮凶、高档会所里的社会名流、别墅里的黑社会教父等，无不由海里的各种生物来扮演（如图 3-65 所示）。显然在这部三维动画片中，造型设计师们根据电影剧本的要求着重在鱼、螃蟹、水母、鲨鱼等动物的造型基础上妥善地融合进美国社会中不同阶层的造型符号，从而演绎了一出海底的"纽约黑帮"。

图 3-65

此外，影片将分属于不同时代（如现代和古代）、语境（现实和传说）的文化元素进行组合，并确立了造型的设计概念，这也是比较多见的。如具有强烈法国漫画风格的的欧洲电影《诸神混乱之女神陷阱》中就设置了一个时间、空间秩序混乱的科幻世界：金字塔中的埃及诸神、未来世界的科技城市、各种宗教、科幻风格的造型元素被杂糅在一起，创立了一种很奇幻的视觉风格，如图 3-66 所示。

图 3-66

　　日本著名动画导演宫崎竣在其动画作品中也习惯以这样的手法构建设计概念。在他的故事里，具体的时代和社会背景常常是模糊的，欧洲风情小城，古典造型的飞行器，日本风格造型的角色和神秘莫测的魔法等都会出现在他的作品中。如在他著名的电影《哈尔的移动城堡》中，基本上设定了一个北欧风格的小王国：老式烧煤的火车，圆石头样子的特式建筑，金碧辉煌的西洋皇宫等，似乎定位在蒸汽时代，但人们仍旧以手工制造为主，讲述的是一个"很久很久以前的故事"。同时，在古典的趣味中又融合了很多未来世界的元素，国王的战士们驾驶的是造型特别的飞行器，这些科技型的工业产品几乎都是"仿生设计"的，造型酷似各种各样的飞虫却只是齿轮转动类的简单机械装置，样子敦厚可爱，在画面中即使是残酷的战争机器也像各种自然界的生物一样在天空中自由飞翔。然后，这一切的背后都冥冥中被魔法操纵着，长着机械腿的城堡走起路来像一只爬行动物，城堡由具有魔法的火焰控制着，如图 3-67 所示。

图 3-67

　　总体上影片的造型以"魔幻"为主体，同时又融合了科幻设计概念，在具体的实现风格上作者采用了日本一贯的卡通风格，色彩明快绚丽，所以广泛受到观众的喜爱。

　　事实上，本片的造型设计概念是复合了很多内容的，如飞行器与飞虫概念的结合；城堡与爬行动物的结合。在宫崎竣的动画造型方面，历来表现出一种朴素的联想组合，如"龙猫巴士"就是直接由一只双眼会发光的花猫变化而来的，"移动城堡"的那些远看像眼睛、嘴巴、鳍的构件其实都是城堡的烟囱、窗户遮棚等。这种将现代的想象与传统的古典元素相互融合的方式使作品在展现精彩传奇的同时又和所有观众如此地贴近，就像片中苏珊相貌虽然普通却如邻家女孩般亲切一样，朴素而奇妙的设计概念处处体现着宫崎竣缓缓释放的艺术魅力。相关电影截图如图 3-68 和图 3-69 所示。

图 3-68   图 3-69

这种设计概念是需要作者有足够的积累的，除了简单的素材收集之外，还要考虑到社会发展的因素，只有以独到的眼光在林林总总的素材中做出正确的选择才能打动观众。如美国电影《变形金刚》（最早由日本创意）中各种造型的外星机器人，将人和交通工具，以及动物的形态概念都结合到了一起。一方面，这些天外来客有着我们人类无法企及的能力；另一方面它们又都是我们身边形形色色的交通工具。这种设计概念巧妙地符合了以钢铁智能为代表的工业化社会的观众的心态。如果说宫崎骏以动物、建筑、植物的概念导入贴合了人们向往自然、亲情的心理的话，那么《变形金刚》则是以汽车、飞机等工业产品造型的概念导入了正面临着的城市化发展的百姓的共鸣。很多人在看完《变形金刚》走出电影院之后，都会不约而同地觉得，影院对面马路上排队等红灯的汽车好像随时会变成人站起来！

2．规律及技巧

多掌握创作的素材就会产生更多的创作思路，而一个造型的设计也可以由多个设计概念复合而成，这些造型设计概念有一定的规律和技巧可循，我们不妨总结一下。

1）选择主体的设计概念

分为两种情况：第一种情况是在有现成剧本的前提下，我们可以很快明确主体设计概念的范畴；第二种情况是在没有剧本提示而造型设计先行的情况下，我们可以广开思路，以纵向发掘的思路选择一种造型素材（如一把折叠刀，如图 3-70 所示）。当然选择标准是看其是否具备更多的产生联想的可能性。

图 3-70

2）融入更多的设计概念

从造型、结构运动、性格入手尝试融合入更多的造型概念，如把"一把折叠刀"进一步演绎为"一把动物形的折叠刀"，如图 3-71 所示。

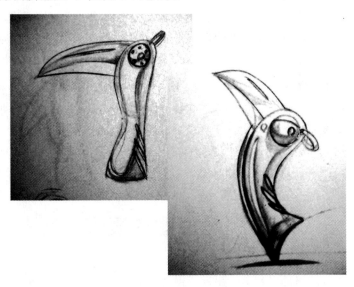

图 3-71

需要注意的是，要保证所有组成概念在造型结构上没有难以调和的冲突。如果一定要对有冲突的概念进行搭配，那么最好加入能起到"调和剂"作用的第三个设计概念。如在《哈尔的移动城堡》中，"建筑"和"交通工具"的概念结合本来有些问题，但宫崎骏引入了"爬行动物"这第三个造型概念，在不动时，房子并不需要悬空离地而是可以像动物休息一样趴下来；在移动时，城堡则会先喷出蒸汽机车的蒸汽，然后又像动物一样站起来行走。这样，宫崎竣简单地完成了一项全新的造型设计概念的构建。

3）划分明确的设计概念

给造型的设计概念划分好明确的范围，这个范围主要是指人文定位方面的。如将"人形的折叠刀"融入文化符号后成为"一个鸟类的动物形折叠刀"，如图 3-72 所示。

图 3-72

当然，在每个步骤中我们都可以融合不止一种的造型概念，而且也需要不断地论证或者推翻以前的论证重新再来。

多种概念在针对动画角色的特殊定位的前提下进行有机复合就会产生明确的设计概念，这种设计概念具备人们普遍熟知的主题性，并会被表现成具象的视觉识别系统，从而有助于观众对角色产生好感。因此，明确观众熟悉的设计概念主题是使虚拟角色造型与观众产生良性互动的重要前提。

进一步讲，熟悉而成体系的设计概念也使观众在理解角色的生活态度和优点、缺点的基础上激发观众的主动思维，以便使之轻松了解故事。这就好比我们看到一对普通装扮的男女正在争吵时，我们很难猜出他们之间发生了什么事情，而如果给他们换上新婚服装，那么我们至少可以主动判断出他们争吵的原因是出于感情或家庭等，然后再发生什么故事观众就都会主动调动自己以往的经验和观点与故事产生互动了。

3.7　概念草图的表现

寻找概念的开始由抽象的"理念"出发，但终点必须归结到具体的形态上。事实上概念草图的绘画一直贯穿于寻找概念的始终，概念设计的要点就是必须保证其"理念"具备图像化的可能性，概念设计师通常把概念草图当做是自己脑电波的"曲线图"，心随意动、天马行空但又循序渐进。因此我们在向一个优秀的动画设计师学习的时候往往应该多注意他的概念草稿，通过系列的草图我们能很清晰地触摸到他的思考轨迹。

具体来说，概念草图表现的过程大致分为如下几个阶段。

第一阶段，当一个造型在我们大脑中的概念尚处于"混沌"状态的时候，概念草图很可能只是描述了大致的形态，甚至有时候只是意象化的线条和图形。

在这个阶段里，我们大多从造型的总体"气质"出发进行考虑，因为一个造型是否能给人留下深刻的印像在很大程度上取决于此。同时，这种气质虽然是指造型的内在精神状态，但事实上却是指内部精神状态的形态外在化。如图 3-73 所示的图中角色残忍、凶恶的一面通过角色的身体佝偻的形态、宽大的下颚等传递出了一定的信息。

图 3-73

第二阶段，当造型的最外形态被勾勒出来之后，我们通过大块组合的概念将该形态明确为几个可以运动的"部件"。比如肢体结构的安排，如何运动，如何曲张等，如图 3-74 所示。

第三阶段，划分细节的范围，在有了大致结构的基础上安排造型的细节分布。注意，这里的"分布"，也就是指通过概念草图去确定准备在造型的哪些部分加入细节，重点放在这些细节的点、线、面的分布上面，至于到底是哪些细节就要等后面再慢慢具体化了，如图 3-75 所示。

图 3-74   图 3-75

总地来说，概念草图表现的是我们对造型的思考、推敲等思想活动的直观的想法；由于具有快速和感性的特点，我们既可以轻易地推翻它也可以随意的添加和演绎，所以能得到很多种结果，随着造型的系列化和具体化我们设计的概念也就越来越清晰了。

概念草图绘画表现的详细过程和技巧将在下面的章节里通过案例具体地介绍。

3.8   课后练习

请根据 2～3 件日常用具（如杯子、凳子等）作为素材，进行三维动画造型的设计。

要求：1、写出造型设计的理念文字阐述。

2、分别绘画出相关概念草图。

3、草图既要能准确体现出原素材的特点，又具有鲜明的性格；并尝试设置造型之间的关系。

第 4 章

造型的细化

本章主要讲解如何在造型概念的基础上继续细化和完善，从而使造型既具有较好的趣味性又能适应特定的三维制作条件。主要内容包括动画造型趣味的把握、质感的把握、结构的把握、个性的塑造等几大方面，并进行了深入的剖析。

本章重点：
● 控制好概括性、夸张性、幽默性在造型设计中的综合应用。

● 学会造型质感效果的设计。

● 掌握设计造型结构的技巧。

● 把握好角色性格的挖掘。

本章主要讲解如何将造型的草图进行逐步具体和完善，这是一个很重要的承上启下的阶段。"承上"是指在造型逐渐明确和细节逐渐添加的情况下很好地保留住草图阶段的神韵和特点；"启下"则是指要确保细化处理后的造型能适应动画创作的需要。在三维动画创作中，动画造型设计是动画创作流程前期的部分，如果只是从观赏的角度出发而忽略了运动表演，以及整体风格的统一，那么该方案只能成为一个品质很高的静帧作品了。

4.1　动画造型趣味的把握

动画是一门造型的艺术，所以好的动画作品也特别强调造型的艺术性——这种艺术性并非单纯地指绘画艺术性，而且还包括了更多的具有观赏趣味的内容。

不同动画创作形式所要求的造型的标准是不一样的，三维动画虽然有着比较丰富的表现语言，但主要是强调三维空间的真实性，即使是三维渲染出二维效果的作品，也是强调了二维绘画风格在三维真实运动中的表现特点，所以我们在考虑三维动画造型的趣味性时，仍然要充分结合本体的表达特征。

那么我们以往在平面上创作造型的经验是否还有用武之地呢？当然是有的，我们只需要将以往动画造型的经验与三维造型的多视角标准相结合就好了。而在总的原则上，动画造型的趣味性仍旧可以从以下 3 个方面来认识。

4.1.1　概括性

将二维动画版本的《变形金刚》和三维电影版本的《变形金刚》做一个对比，我们自然会因为电影版本中极尽复杂之能事的钢铁造型感到眼界大开，毕竟千万个金属的部件在一瞬间移形换位是一件很奇妙的事情，如图 4-1 和图 4-2 所示。

图 4-1

图 4-2

事实上因为三维技术突破了逐帧绘画的瓶颈，所以在掌握了软件建模能力的同时，我们也掌握了"让造型复杂"的技术。然而更准确地说，这种复杂应该是"丰富"而非刻意添加细节来破坏造型的整体形态的节奏秩序。

一个造型的形态有节奏秩序吗？当然是有的。当我们设计一个三维的动画造型时，应该尽量把关注重点从各种复杂的造型细节中脱离出来，将造型在一开始归结为点、线、面的组织结构，设计一种空间"立体构成"关系，这种设计非常有利于设计师从根本上把握造型角色的"气质"。我们不妨来看看《超人家族》里的中年超人形象：一方面是退出江湖后身体发福的超人爸爸，另一方面则是经过勤学苦练而风云再起的宇宙英雄，如图 4-3 所示。

我们知道，无论二维或者三维空间的造型都是由点、线、面这 3 个要素组织构成的，而这三者之间是连续的关系。理解这种造型观的方法就好像在晚上玩荧光棒一样，发亮的点挥舞起来就会形成丰富的曲线，而整个棒子挥动起来就形成一个立体的扇面。可见，动画视觉造型的出发点就取决于设计师对点、线、面这 3 个基本元素的综合运用和处理。

在《超人家族》中，Pixar 的动画造型设计师毫不客气、直截了当地把超人的腰身进行了线型的改造——这种线型造成了头、四肢等组成部分连接节奏的改变，就好比是一首曲子的各个音节之间被改变了时长一样，演奏起来效果自然就有所改变了，如图 4-4 所示。

图 4-3

图 4-4

而至于造型的"秩序",很容易理解。当我们把一个角色的头部往下移动,背部曲线往上移动时,这种最简单的元素秩序的改变会使这个角色显得苍老很多。

优秀的动画造型设计师懂得利用各种造型,并将之搭配得当——少意味着更多,概括不等于简陋,而是用一种以凸现特点、追求整体为目的造型处理方法。

需要强调的是,概括后的造型并不是没有细节;相反,概括得好的造型可以将细节的效果发挥到最佳的状态。如《变形金刚》中的大黄蜂,细节可以说是非常丰富了,设计师只是将它简单地划分成了几个必要的组成部分,并巧妙地将车门转变为两个酷似黄蜂翅膀的造型,如图 4-5 所示。可见一个角色的成功与否根本上取决于角色的气质和造型特点,这些都重点体现在造型角色的外部结构方面:身体结构之间的比例关系、主次关系,以及组合方式等。

图 4-5

早在第 1 章中我们就分析过三维动画造型与二维动画造型几何结构原理的血缘关系,强调造型的概括性除了保证形体上的整体感之外,还要明确造型结构以达到造型运动表演的要求,特定的动作表演等都是附着在结构基础之上的。造型最终在镜头画面中乃至动画情节的推进、情绪积累等方面所能起到的作用和效果,都依赖于设计师对道具总体形态造型概括能力的把握。

4.1.2 夸张性

在动画中为了加强造型表现的主动性,会在造型设计上都进行一些夸张的处理。

夸张是指将事物所具有的某些特别之处进行一定程度的放大,从而强化视觉效果。具体来说在夸张处理的过程中,我们将一些形象的特征进行强调、扩展,使之更加突出、鲜明,更具有特殊意义，从而既保留了鲜明的标志性特点，又具备了区别于同类型事物的典型性。此外，同一事物通过不同的夸张处理可以塑造出性格区别较大的形象来。

对于动画的造型设计来说，在造型设计中要分别对形态和运动结构两个方面进行考虑。

首先说形态方面的夸张。所谓形态方面的夸张，其实是将造型组成元素的比例关系进行调整，通过加强比例关系突破人们正常的判断习惯从而造成视觉上的冲击。例如在动画短片《跳跳羊》中，设计师强化了喜欢跳舞的小绵羊那细长的腿，并把它的蹄子也加高以致很像舞蹈演员的造型特征，这给观众留下了非常深刻的印象。小羊踢动双腿时那窈窕的身姿既特征鲜明让人过目不忘，又使动画片产生了强烈的喜剧效果，如图 4-6 所示。

图 4-6

此外，除了比例关系上的夸张之外，将造型进行扭曲和变形也是非常多见的手段。简单地把特征放大只会使形象在一定程度上很像被变了形的写实的人，要想使我们的造型具备某种特定的风格，还应该在很多结构方面进行扭曲与变形的处理，这是两种夸张的重要形式。事实上动画造型设计风格就是以不同的夸张与扭曲、变形的手法进行处理的结果，如图 4-7 所示。

图 4-7

在梦工厂的动画电影《功夫熊猫》中，各大武林高手的造型设计都保留了自己完整的动物的特征，但同时又被巧妙地处理变形，以致胖的更胖，瘦的更瘦，如图4-8所示。

图 4-8

其次，扭曲与变形都是需要符合形体结构特点的，这主要还是考虑到了不同形式的运动效果。比如说《功夫熊猫》中身形变形的夸张处理效果，将原来熊猫的身体结构变形成"枕头样"，而在运动过程中按照枕头的变形进行动作设定，如图4-9所示。

图 4-9

而在《丛林大反攻》中，大熊的鼻子被有意识地强化扭曲、拉伸，于是也产生了奇特的、风格化的视觉效果，如图4-10所示。

图 4-10

再如木偶动画影片《僵尸新娘》中，蒂姆·波顿将造型设计得极具风格化，以怪异的形象演绎动人的情感故事，反而使观众很轻易地就接受了这些角色，如图 4-11 所示。

图 4-11

4.1.3　幽默性

变形、夸张使造型的特别之处变得更加显著从而呈现出调侃式的幽默特征。在动画中我们运用美术造型的手段使幽默感的表现成为动画中巨大的优势。角色造型的幽默性增强了动画作品的观赏性和娱乐性，即使是在表现相对平淡的情节内容时也具备更多发挥的空间。

比如动画片《堕落的艺术》中的那个冷血的军人，他的帽子沿彻底遮挡住了眼睛，下巴被夸张地处理，体现出该角色所特有的神态，这就产生了很大的趣味性和幽默感，如图4-12 所示。

图 4-12

事实上各种形式的夸张手法都是为了制造一种特殊而突出的幽默感。当然，就像著名漫画大师季诺所说的："幽默是一种智慧，而创造幽默则是一种巨大的劳动"。所以我们应该让自己的眼光和感觉更为敏锐，细致入微地观察生活，并同时保持一颗豁达而善于想象的心，幽默就会慢慢向我们靠拢了。

4.2 质感的把握

在三维动画中，质感的表现是我们应该尽量做好的，因为与以往的动画创作形式相比较，三维动画表现质感的可能性是非常优越的。我们通过特定的材质渲染技术将夸张的造型、表演和丰富真实的质感相结合，从而把动画的高假定性发挥到真实视觉效果层面。

具体来说，对于非常强调写实的三维动画，质感的把握在于模拟真实，如在各种电影中大量使用真实和虚拟相结合的动画制作，不但强调造型肌理方面的真实效果，更强调造型质感与真实环境的互动，如环境折射、色彩影响等。在电影《星球大战》中，三维制作的飞船有着高光洁度的质地，这种质感似乎是有点夸张的成分，但这种夸张被模拟得非常好的光影折射效果中和了，虚拟的三维造型和真实的角色、环境融合到了一起，并有效地制造出了一种真实的"超金属"的效果，很好地表现出了科幻的风格，如图4-13 所示。

图 4-13

而对于一些更接近卡通风格造型的设计项目，我们往往需要在整体风格的统一语境里把握造型的质感。如在《冰河世纪》中，作者有意识地在画面效果上强调一种塑胶玩具式的质感，这一点我们从归纳式的造型风格中就看得出来。于是每个角色的质感，以及一些道具、场景的质感设定是以写实为基础并进行适度的主观化处理的，如剑齿虎的皮毛质感既具备了一些真实的质感，又明显具有卡通的风格效果，如图 4-14 所示。

图 4-14

随着三维动画作品风格的多样化发展，观众对于不同质感的实现可以说是习以为常了，他们反而更多地关注于造型整体上所呈现出来的趣味性。

4.2.1 丰富的装饰趣味

在设计动画造型中将质感巧妙地处理成一种特定的装饰趣味性是一种比较常见的方法，这种方法和以往我们设计图案时的思路非常相像，也就是将客观的一些特征进行归纳，并处理成图形化的概念。

在很多传统风格的造型当中，原来自然物理形成的肌理往往被处理成具体的图形。比如说，我们将一些动物的特征设计成比较有特色的装饰图形，诸如给公鸡披上彩色的花衣服、在牛的额头上画上旋转花朵等。

而对于一般的现代卡通风格的造型来说，我们主要是将各种肌理的分布进行处理。比如我们常常看到斑点狗被处理成一个眼圈黑，一个眼圈白，这使造型具备了更多幽默滑稽的特点，如图 4-15 所示。

图 4-15

另外有意地将一些造型的质感处理并增加很多的细节也是比较容易出效果的。这一方面增加了角色的真实性，另一方面又使角色具有丰富的图像信息，如图 4-16 所示。

图 4-16

当然，一个造型上的点、线、面的分布也是设置角色造型材质时所要考虑的地方，比如一头长颈鹿的花斑纹如何分布，如图 4-17 所示为动画电影《马达加斯加》中长颈鹿的造型。

图 4-17

另外，在三维动画中将绘画笔触的效果融合表现出来也是比较有趣的。比如在动画片《堕落的艺术》中，作者就有意地将铅笔素描的笔触肌理用在造型的材质处理上，将真实的体积感和手工绘画的感觉结合到一起，使画面充满绘画艺术的观赏性，如图 4-18 所示。

图 4-18

将角色的大面积的色彩处理成水彩或油画的笔触，这也是很有意思的。如日本的系列三维动画短片《越狱兔》就给我们带了全新的视觉风格：除了玩偶式的动画表演外，更有意思的是所有的三维模型都贴上了色彩明快鲜亮的水彩画笔触的贴图，使整部动画片带有一种特别的水彩画插图的效果，这与以往的动画片相比渗透出更多的亲和力，如图 4-19 所示。

图 4-19

因此我们可以看出，材质肌理的处理需要和整体的风格乃至主题相贴合。比如法国的漫画式动画电影《复活》就是以黑白两套色的连环插画风格为特点的，影片是惊悚冒险的题材，而导演利用了三维技术实现黑白版画的效果，营造出了更加阴郁的气氛，如图 4-20 所示。

图 4-20

而在国内的一些动画创作中也经常会看到这种处理风格。在动画短片《孩子来了》中，设计师也利用笔触实现了一种厚重的油画效果，这与其乡土题材也产生了很好的呼应，如图 4-21 所示。

图 4-21

4.2.2 真实的触觉感受

一般我们讲造型质感的"触觉"感受，主要是指视觉触觉。也就是说，将造型的各种特殊表面质感表现得细致入微，似乎通过眼睛观察就能体会到这个虚拟造型的手感如何。

与手绘类型和材料动画不同，三维动画造型的表面肌理所形成的触觉效果是依靠软件计算得到的。我们在创造角色材质质地的时候，需要更多地了解一些材质制作的技巧。比如 Maya 中节点材质的制作，或一些比较复杂的配套的渲染器（如 VRay、MAXWEL、Brazil、FinalRender、Fryrender 等）。在具体的渲染器设置中，要多对真实的物理材质进行比较详细的分析，然后再在渲染器里调试各种参数。所以为了保证达到效果，我们在正常情况下需要完成"概念预想图"，这种预想图先由设计师以绘画的方式完成，如图 4-22 所示。然后以此为目标进行制作。

图 4-22

　　具体来说，能产生"视觉触觉"的材质通常是我们生活中经常接触到的物理材料，如钢铁、皮毛、木质、橡胶、土石等。在前面的章节里我们曾经提到过，将不同的"触觉"效果融合搭配常常会产生很有趣的造型结果，如在《神奇四侠》中的沙人，就是只有三维技术才能实现的典型例子。其中角色的动作表演都与"沙"的特性有密切的关系。当然，这种流体类的技术目前仍属于高端的动画技术，但强调出材质"触觉"效果会使我们自己创造的形象更具备真实感和人情味。

　　为了使三维制作能够更好地达到既定目标，应该要求设计师对材料质感的表现手法掌握得非常娴熟，并依据自己的设想表现出合理的光影效果，从而为后面的软件操作提供明确的创作标准，因此这一环节非常重要。关于具体的绘画方法，我们在后面的章节里再具体地介绍。

4.3　结构的把握

　　给三维造型设定运动关键帧是与二维动画不同的。虽然三维动画有很大的实现自由，但仍然会受到软件技术的限制，这种限制决定了造型必须完全符合客观的结构。

　　事实上有很多造型方案在静态时是非常不错的，但一旦运动起来就出现了种种弊端。因为在打关键帧调动作时，并不能像手绘原画那样可以适当忽略掉一些造型结构的细节——这就需要在一开始就充分完善角色的运动结构系统。

　　把握结构的关键点在于：一定要充分了解自己创造的结构细节和特殊的运动表演方式。

4.3.1　运动方式的需要

　　造型归根结底是用来表演的，不能用做表演的造型只是个"花瓶"。其实在很多动画片中，虽然角色造型设计得非常简单，但是丰富的表演语言仍然能使这些造型深入人心。所以说确定好一个造型标准，最重要的就是让其能够很好地表演出风格来。

　　所以，造型的设定并不特指在某一个角度，而是要求在各种特定的运动状态下都能具备一定的特点，这就是指造型结构的各个部分的组装和搭配应该经过良好的设计。

　　就拿最典型的电影《变形金刚》来举例。在故事中变形金刚威武的站姿，以及各个部件特征的设置都是依托在"变形组合"的基础上的，观众在一开始就对这些机器人给予了十二分的期待，期待一瞬间它们就能神奇地变形成一台完整的小汽车。所以变形金刚的造型设计把主要的精力都投入在构件的运转拼合方面，如图 4-23 所示。

　　而对于诸如人、动物、怪物等各种类型的设计来说，思路也是一样的。比如在《星球大战》中，披着斗篷的大将军平时里驼背弯腰连走路都咳嗽，可是在关键时刻，他可以变出六柄激光剑来。通过运动表演，这个角色显得神秘莫测，如图 4-24 所示。

图 4-23   图 4-24

而在《冰河世纪》中，小松鼠就具有特别的造型组合方式，这让它在运动时也有了某些特别之处。比如在冰川的峭壁上用长长的牙齿死死地啃住墙，舌头变成了攀岩的绳索等，都显得格外有趣，如图 4-25 所示。

图 4-25

4.3.2 合理的科学性

造型设计的运动方式也要相应具备一定的科学性，这种科学性主要是指造型结构要符合角色类型，以及特殊的运动合理性。

上面所提到的变形金刚其实就具备非常精确的合理性，这种合理性并非真正符合现实的科学，但从简单地理解是符合了一种假定的"科学"性。这种虚拟的科学性能形成比较有效的说服力，从而增加某种可信度，以便赢得观众的认可。

如在美国的 MARVEL 工作室出品的漫画改编成的电影《钢铁侠》中，设计师花费了大量的心血设计出"钢铁侠"装备的各种细节，比如腿部、手部的细节，喷火推进器的装置等。这些细节使观众逐步接受了这一超现实的科技产品，在观影后很多观众也会热衷于对这个造型的很多功能性和趣味性进行讨论和研究，这对于商业电影延伸产品的扩展来说是非常有利的，如图 4-26 和图 4-27 所示。

图 4-26

图 4-27

所以，如果我们要简单地归纳一下造型设计的"科学性"，就可以从以下这几个方面来理解。

1．造型结构的科学性

这种结构的合理性因造型定位的不同而不同。具体来说，动画故事的角色一般是现实世界的人、物，或是演绎的各种生物、科幻类的各种装备及机器人等。我们在设计这些角色的时候，应该充分结合角色的一些个体信息来设置造型。比如在设计水下动物的时候，我们应该结合水下的生活环境来给角色设计结构，如用什么样的呼吸方式用什么样的方式运动，喜欢吃什么，有可能出现什么样的弱点等，都要对水中的生物进行认真仔细和定向的研究，才能创造出具备典型"水下生物"特征的造型方案来，如图 4-28 所示。

图 4-28

科幻类的造型设计则更强调这一点。世界著名的科幻小说家儒勒·凡尔纳在真正的潜水艇出现之前就创作了潜水艇冒险题材小说《海底两万里》。让人惊奇的是，故事中作者对于机械装置方面的描述与现代科技有着大量的相似之处。在创造故事造型的时候，作者虽然不是科学家，但很显然他对水下行动进行了细致地研究和分析，并学习和掌握了大量的航海知识。

2．设置角色的"历史"

虚拟的角色也应该有虚拟的历史，即使我们在片中很少将这些信息表现出来，但在设计时仍然应该给予充分的考虑，这有利于我们创建严谨的造型体系。比如在《魔兽争霸》中，四大种族都有着各自的宗教和历史，这使得这些角色显得更为可信；在托尔金所著的《指环王》中，详细地设定了中土世界的各个国家及各自的制度和生活细节，甚至还绘出了完整而详细的中土世界的地图。作品流行后，很多插画家为之进行了造型设计，因为有明确而详细的历史，不同的插画家创作出来的造型往往极为相似。最后由著名导演彼得·杰克逊完成的电影中，由于很好地消化吸收了这些概念，各个造型都设计得深入人心，如图 4-29 所示。

图 4-29

这些历史的科学性主要被外在地表现在造型元素之间的联系上。比如一个国家的军队，有着什么样的共同的标志，各自又分为什么军种，互相之间如何进行配合，这种配合又表现出这个国家什么样的作战传统等。设计出角色的历史，就能整理出更多的设计思路，这反过来也会对我们的造型设计产生促进作用。

4.4 个性的塑造

角色是情节的承载者，各种角色在剧情中的分布是设置情节的重要基础。比如将一只猫和一只老鼠限制在某一个小范围的环境里，那么就会很容易出现激烈的冲突和矛盾情节——这是因为猫和老鼠本身就具有区别很大的个性定位，所以会比较好处理；而如果将角色换成两只猫的话，我们一般会把两只猫设计成不同的性格，并且外在化为不同的造型特征，这样一来既丰富了视觉的效果，又能设计出更多的情节。

一般来说，即使是对于一只猫和一只老鼠，我们也很少将两个造型设计得过于相似。比如说将猫设置成懒惰的胖地主，将老鼠设计成被压迫的小人物，或猫是正义的使者而老鼠是胆小的罪犯，这些都是产生情节的有利基础。

好的角色造型设计一定具有典型的个性，这种个性既是角色"长相"上的个性，也是角色"行为"方面体现出来的个性，下面我们将分别从 3 个重要的方面来进行讲解。

4.4.1　性格的外化

俗话说"相由心生"，就是指人内心的特殊状态常常转化为特定的外在化的形态；反过来，人们也习惯性的以形象化的比喻来形容性格特征。比如说，对于比较大度的人就用"胸怀宽广"来形容；对于比较小气或心胸狭窄的人一般就用"尖酸刻薄"来形容；对于比较耿直的人则用"楞"来比喻。说到这些形容词我们似乎能在脑中浮现一些相应的图形，比如圆润宽大的篓子表示宽广、尖锐扎人的锥形表示尖酸刻薄，实心的带有很多坚硬棱边的方块子表示楞等，这些图形最终在人们心里形成有意识的联系。这种联系是长期以来人们逐渐形成的一种判断标准，特别是在动画角色造型的设计方面，往往被归纳成比较开阔的造型，这些造型以几何形为基础，而几何形通常带有强烈的情感色彩，并且潜移默化地反映出角色的性格特征。如宽大的倒三角形状比较容易体现出强壮野蛮的性格特征；大大的葫芦型总体造型能反映出憨厚的性格特征；窄而长的倒三角形常常表现出角色刻薄、爱计较的性格特征等。

4.4.2　细节的刻画

掌握了总体的造型特征也只是为设计铺垫了一个良好的基础，更多的工作是将造型的细节表现出来。细节是让造型变得有趣的重要因素，造型的细节既要服从总体的造型风格，同时也要强调统一风格下的局部个性。所以细节设置得好不好关键在于原先的概念方向是否正确，一旦把总体的调子确定好了，细节自然也就会惯性地产生。比如设计一个比较危险的反面角色，通常我们把总体的造型确定为一个高瘦的倒三角形，然后需要设计的细节应该是头部、颈部、肩部、手、足等部分结构之间的造型比例关系，以及面部五官等更多细节的完善。为了强化这个角色的性格特征，我们可以在总体的构架上将眼、鼻、嘴处理成一种"鹰"或"雕"的面部特征，这是因为我们通常已经对这类猛禽建立起了"警觉"、"危险"、"阴谋"的印象，于是该造型的性格也转化成一些外在化的视觉符号。

上面的例子中所提到的方法是我们通常称之为"借移"的方法，具体是指把一些众所周知的具备典型特征的造型提炼、归纳为一种模式，并融合"借移"到另一种角色类型里面去。借移的对象有很多，如上面所提到的就是将老鹰所具备的特殊的神情提炼成了由高眉弓、深眼窝、尖鼻子所构成的图像符号，这种符号体系忽略了老鹰的尖嘴巴与人物角色鼻子的区别，只是从总体的形态组合上明确了角色的内部性格。

这种方法在动画造型设计里已经被普遍运用。如在《丛林大反攻》中，为了区别群鹿之间的性格差异，给鹿的首领设计了类似于倒三角形的健壮身材，这是将"斗牛"的形态概念借移到了角色的身上；而首领的妹妹——美丽的母鹿则被融合了很多女性的特征，如流畅舒缓的身型、清晰有神的眉眼、弯弯翘起的眼睫毛等；作为主角的小家伙则被设计成一只断了一只角的"麻杆"，无论脖子、身体还是腿部都非常强调一种单薄的感觉，如图 4-30 所示。

由此，我们分别看到了强悍蛮横的首领、温柔善良的小妹，以及弱小落魄的单身汉的角色形象。

　　另外,"物化"也是造型的细节设计中比较常用和有效的。也就是说,将一些有象征意义的造型元素和角色结合起来,从而形成对角色性格的暗喻。比如在很多魔幻的造型设计中,法师或斗士身上往往有骷髅的装饰,这表明了死亡和危险的含义,如图4-31所示。而对于掌权者也往往有权杖或王冠之类的元素,以标识出角色特定的地位。

图 4-30 　　　　　　　　　　　　　　　　　图 4-31

　　当然,设计的技巧和方法除了这两种方法以外,还有其他的一些方法和思路。无论是什么样的途径,设计的目标都要用细节的形式将角色的性格以视觉图像的形式表现得更为鲜明。同时,细节的设计又不能过多,在总体的造型设计上安排好细节分布的"节奏"也是非常重要的,如图4-32所示。倘若细节过多就会破坏造型的整体性,那样就得不偿失了。

图 4-32

4.4.3　视觉体系的确立

一般来说，我们设计的动画造型往往属于我们所熟悉的某一个文化体系，这里称之为造型的视觉体系。这种体系包括了造型所具有的某种特定的由地域、行业、历史时代等情况造成的特定范畴的文化特征，这种特征一般表现为一种典型的视觉主题。

如我们将动画片《海底总动员》和《鲨鱼黑帮》进行比较，片中的造型虽然都以海洋世界的元素作为背景，但我们仍然能通过造型的具体现象看出巨大的区别：前者的画面中并没有过多的"人"的因素，海底的生物们都比较完整地保留了各自的物种特征，如图4-33所示。而后者则是给海底的生物们安排了各种各样的建筑设施和服装打扮等，如图4-34所示。

图 4-33

图 4-34

这些都打上了鲜明的美国城市文化的烙印。但是，我们在看这两部片子的时候，并不觉得相似，就是因为这两部电影有着不尽相同的视觉体系。

1．在造型设计中融入观众熟悉的视觉元素

成熟的视觉体系的建立非常有利于拉近观众与角色之间的距离。

特别是在一些追求比较新的视觉风格的时候，即使我们所实现的艺术风格会产生一定的视觉冲击力，但同时也常常会使观众对角色产生陌生感从而妨碍角色的亲和力。如果我们在角色造型上设计一些人们所熟悉的主题性的视觉元素，则观众们就会根据以往的经验很快判断出该角色的特性，诸如角色的社会状况、性格和行动特征等，继而很快进入故事情节并与剧情产生一定的互动。

而且，在整个动画的制作流程中，角色造型设计是整个动画作品艺术风格的风向标。角色造型所表现出来的视觉体系事实上也贯穿影响着后面的道具、场景、镜头画面元素等一系列的设计。最终，所有的部分会综合形成整体的艺术风格。

如在动画片《机器人历险记》中，无论角色的生、老、病、死或建筑、交通工具、生产方式等一切的生活细节都全部符合智能钢铁工业生产的特征，如图 4-35 所示的影片中的生活场景。

图 4-35

一方面造型将机器人与夸张变形的卡通风格很好地结合起来，另一方面又设计出了很多有趣的只有机器人世界才会出现的情节，创作者们以虚拟的"机器制造"的视觉主题讲述了一个完全虚拟的机器人世界，甚至片中角色的价值观也充满"机器制造"的主题特色，从而完成了一种基于人类真实情感状态的全新趣味性的演绎。如图 4-36 所示为机器人生孩子。

图 4-36

由此可见，视觉体系的建立所产生的影响对于作品本身来讲绝对不只是表象上的，更是深远的。

2．建立角色视觉体系所要具备的条件

1）深入研究，寻找突破和创新点

我们在给某个角色造型划分某种视觉造型体系的时候，应该对该视觉主题做充分深入的研

究。一般来说，剧本会给我们指出最初的方向，我们则需要将大量相同题材的资料进行总结和提炼，除了总结出该视觉主题的主要特征外，还要保证将它很好地与我们自己的作品相结合。

比如设计一个开跑车的海豚，我们除了要整理出关于"跑车"的造型特征以外，还要充分考虑到海豚的物种特性。

正如在本书的前面所提到的，我们需要准备丰富的素材，以便有一个好的创作起点，然后再进行深入的研究分析，并寻找较好的突破口。

2）强调造型元素的符号化功能

主要是指所有的造型元素应该相当的明确，具体由造型的形态结构、体表特征、装饰打扮、道具配备，以及在对事物的态度、审美标准文化素养等几方面都能充分体现出角色的视觉体系的定位。如《机器人历险记》中，我们能从一大群角色的造型特征上明确地区分出它们的社会属性，如图 4-37 所示。

图 4-37

造型风格的主题化应该始终明确清晰，造型元素的设置是观众识别主题的重要符号，因为不能准确产生指向性的造型元素只会使造型显得累赘，更不要说借助观众对该主题的熟悉程度以便对角色产生好感了。

3）充分体现出创造性的思维

创造性的思维不是将以前的思维方式全部推翻，而是一种以继承为前提的演绎手法。诸如夸张、颠覆、荒诞化都是创造性思维的表现，在动画造型设计中将角色的视觉体系以创造性的形式表现出来会有利于达到特有的动画趣味性，如图 4-38 所示。

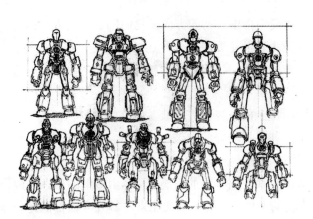

图 4-38

4）学会"移情"的设计立场

"移情"就是指要站在别人的立场上去考虑和感受。在我们设计动画造型的时候，既要能将自己的创作主张充分地表达出来，又要照顾到观众的接受状况，比较有效的方法就是在设计的过程中不断地请他人给予观赏评论——当然，要注意的是我们既要善于接受别人合理的建议和意见，又不能随便改变自己的立场。

5）全面细致的设置

即使是虚拟的视觉体系，我们也要尽量建立得相对严谨，因此应该把视觉的主题落实到角色造型的各个层面，具体表现在以下几个方面。

首先是角色的形态结构方面，包括了体貌形态、服装打扮、配备道具等，这些都应该充分表现出视觉主题的内容，如图 4-39 所示。

图 4-39

其次是角色的表演风格方面，也应该充分表现出视觉的主题。如某些特定的动态、表情、喜好、缺点等细节的表现，如图 4-40 所示。

图 4-40

再次，角色造型的配色应符合主题的需要。一般来说色彩是特定的主题范围内的重要标志，色彩本身所带有的情感信号是我们应该充分利用起来的，一定的色彩搭配模式会形成有效的识别符号。如明快鲜亮的色彩会形成时尚的主题类型，而灰暗的调子则往往被用于表现沉着、冷静或者是危险、阴谋等，具体还要和造型的细节结合起来考虑，如图 4-41 所示。

最后是总体的气氛的营造方面，这事实上超出了纯粹造型的范围，还包括了诸如总体的光影在造型上的反映，以及气氛色调的处理、声音造型的处理等，如图 4-42 所示。

图 4-41 　　　　　　　　　　　　　　　　图 4-42

4.5　课后练习

1．尝试着以你身边的人物肖像作为素材，进行不同风格的夸张变形处理，并设计成适合制作动画的三维造型方案。

2．给上面题目的方案换 5 种以上的视觉主题。

第 **5** 章

造型设计的系列化

　　本章主要阐述造型设计的系列化处理，强调以一个最重要的角色作为突破点演绎出相关系列角色造型的技巧，内容包括根据主造型进行辐射式推理、总体形态的检测等。

本章重点：
- 掌握性格系列化设计的技巧。
- 在性格的基础上进行造型的外化。
- 掌握以阴影的方式检测造型的技巧。
- 在保持动画造型性格个性的前提下统一视觉体系。

我们大部分的造型设计任务是设计出不止一个角色的造型，这些角色无论在性格定位上还是在造型方面都相互之间有着密切的联系，这种联系一方面当然是由动画剧本本身设定完成的，另一方面则是由动画的总体艺术风格所决定的，所以如何完成一个有机的角色群的设定是我们下面要逐步解决的问题。

准确地来说，设计一群角色的思考过程并非是单个角色设计过程的简单叠加，而是一种有机的安排和调度，因为每个角色的性格、主次、表演风格都有所区别。总而言之就是要安排好一群能符合故事情节表现需要的特定的角色组合，除了个体造型的设计之外，还要搭配好它们，使它们在内外都具备矛盾性和互补性。

5.1　根据主造型的辐射式设计

一群角色是有核心的，主角就是核心。主角是将整个故事所有元素串接起来的重要线索，所以我们一般会从所有角色中最重要的角色开始着手设计，然后以确定好的主要角色方案来寻找其他角色造型的可能性。我们具体的从以下两个方面进行考虑。

5.1.1　性格上的系列化演绎

对于所有后续的造型方案工作来说，找到性格是为了找到一个设计的方向。在动画造型设计中，通常比较强调角色内部状态的外在化，特别是性格的外在化，因为性格常常在动画片中表现在角色的相貌、举止、表演等几个重要的方面，甚至会左右故事情节的发展路线，所以我们将角色系列化设计工作开展的起始环节确定为角色性格的系列化。

通常按照下面这样的规律去区分角色，以主角造型为中心进行发散式的推理：主角、主角爱人、主角朋友、主角敌人。

在前面的章节里，我们分析单个角色造型设计时就提出过要从总体出发建立造型的概念。而当我们有了主要角色的造型时，无论是对概念还是对视觉主题我们都已经有了充分的了解，于是我们首先先将主要角色的性格特征进行确定，这是非常重要的，因为这是所有系列角色性格设定的"坐标"，有了这个坐标，我们就能参照它设计出其他角色的性格来。

故事的矛盾冲突很大程度上来自角色之间的各种关系的变化。如朋友与敌人之间关系的转化，亲人和陌生人之间关系的变化，恩人和仇人之间关系的转化，以及一些社会关系的转化，如警察和小偷、国王和大臣等。而这些关系的转变也和角色的性格有着密不可分的关系。一般来说，我们在故事中主要和主角在一条战线上，并将主角的性格与其周围的诸如血缘、感情、社会关系等结合在一起，我们就能比较快地找到一个思路。

先简单做个分析，在动画电影《超人家族》中，主人公超人的性格状态主要分两个阶段：居家过日子的超人和找回英雄感觉的超人。

在故事的一开始，作者就围绕超人的性格设定了他周围的其他角色。当时超人的性格特点是有强大的能力，虽然年轻时功劳卓著，但随着年龄的增长和家庭问题的出现被迫逐渐回归平淡——昔日的宇宙英雄如今沦落到被老板训斥，终日为家庭生活所累，如图 5-1 所示。

图 5-1

他是一个"矛盾的英雄"，一方面他退隐江湖后慢慢变得失去锐气，另一方面则是渴望能找回从前的自由，并经常在这两者之间不断地徘徊反复。所以，在片子的初始阶段，超人被定义为一个"失去标准，中庸温吞"的中年居家男子，如图 5-2 所示。

图 5-2

于是围绕着这个一家之主，其他家族成员也逐一产生，太太巴荷莉、女儿小倩、儿子小飞、小杰。太太是个"弹力女超人"，标准的全职主妇，完全卸下超人的角色变身成为最尽责的母亲；女儿小倩，一个再普通不过的情窦初开的中学女生，终日暗恋着英俊男生；大儿子小飞，是个成天给老师惹麻烦的调皮鬼，是典型的邻家男孩儿形象；小乖乖小杰，还是个嗷嗷待哺的婴儿，吃饭玩耍一刻也离不开超人老妈的照顾，如图 5-3 所示。

图 5-3

以上是按照家庭成员关系来进行的人物介绍，而至于其他的角色，诸如超人家族的朋友衣夫人、酷冰侠、可怜的兼职小保姆，超人家族的大敌人超劲先生及他的女助手等，则是按照社会关系来进行设定的，如图5-4所示。

由此可见，角色性格特征系列化设计的关键是在于把握好角色的"关系"。如按照理想的"家庭"的关系，正常的搭配是操心的丈夫、贤惠的妻子，朝气十足而又需要父母照顾的儿女，可爱的"老幺"（最小的孩子）。其结构及性格组合完全符合了美国著名家庭情景喜剧《成长的烦恼》中一个美国家庭的标准。而根据"社会"关系来进行划分的特点则是几个性格鲜明又能与超人家族志趣相投的朋友，还有充满野心、与超人家族奉行的"宇宙和平"思想完全针锋相对的反派敌人。当然，这个野心家手下也配备了一个饱受压制的小助手。一旦明确了角色之间的关系，我们就可以"顺藤摸瓜"地完成系列角色的性格的确定了。如图5-5所示为人物关系表。

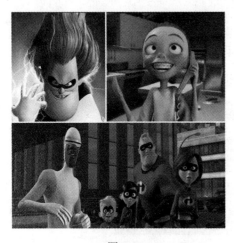

图 5-4

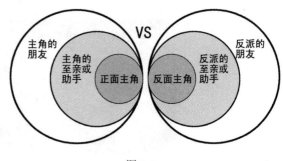

图 5-5

5.1.2 造型的系列化演绎

角色的造型一方面是角色性格外在具体化的表达，另一方面也是所有角色视觉体系的统一呈现。所以角色造型系列化设计的关键在于这两方面的综合考虑。

应该说，优秀的系列造型方案是建立在较好的性格设置基础上的，而具体的造型设计方案是将相对抽象的性格具体化，并融合了很多形态细节的趣味元素所得到的结果。基本上我们在设计系列造型时，主要应考虑到以下几个因素。

1. 形态视觉体系的建立

形态视觉体系的建立主要是指动画角色的总体造型风格，高、矮、胖、瘦，各个造型之间的比例关系的处理，以及形态的对比呼应。

这些造型不仅强调个体的造型趣味，还集中体现出一种造型的默契，这往往会给观众较多的期待，以促使观众对故事的内容和情节产生联想——两个身材相似的人吵架一定不如两个造型上有巨大差异的角色来得更有戏剧性。

2．造型元素识别体系的建立

所有的造型既有自身丰富的个性，又具备统一的识别性，其中包括了变形夸张手法的统一、细节的统一，以及诸如色彩的协调处理、装饰元素和风格的统一等。如在我们一直所分析的《超人总动员》中，所有的造型虽然高矮胖瘦各有千秋，但是却始终有很多相似统一之处。比如说总体形态的简化处理，头身的比例关系，五官的处理（如眼部的造型处理），如图 5-6 所示为眼部系列的处理。

图 5-6

另外，包括色彩在内的装饰风格的识别性（各种超能英雄虽然有好有坏，但也有明显的相似之处），如图 5-7 所示为装扮系列。

图 5-7

3．造型表演的呼应

角色造型的表演是角色外部造型与性格相互融合的重要体现，往往同一个角色在不同的情况下有差异极大的表现，这也会给观众带来很多惊喜。所以我们在设计系列的角色造型时，也要设计出系列的表演形态。如脾气暴躁的和反应冷漠的演对手戏、勇敢的和懦弱的演对手戏、面对同一问题时不同的反应等。在梦工厂出品的《马达加斯加》中，狮子跑到了火车站，引起人群的万分惊恐，结果一位原本老态龙钟的老太太忽然变得异常勇猛和迅速，一举打倒了狮子——虽然这只是故事中一个不太重要的阶段，但由于巧妙地将狮子和老太太这两个完全不对等的角色放在一起，并给了观众和想象中完全不同的结果，所以给我们留下了非常深刻的印象，如图 5-8 所示。

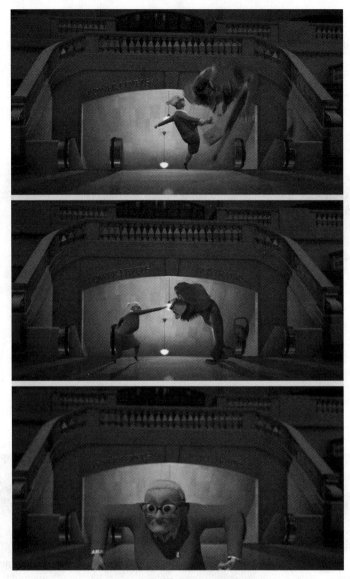

图 5-8

明确好主要角色的造型之后，按照家人、朋友、敌人的类型去进行设计，这样有助于我们重点处理角色造型的比较和搭配，既要有鲜明的对比和冲突，又要注意主角与配角的区别和联系。如主角夫妇是否很搭配，朋友是否长短互补，而敌人是否和主角有针锋相对的气势等。

总的来说，角色造型的系列化处理是一个比较严谨的设计过程，它与先前的性格系列设计不同，它更强调结果的落实，抽象的文字所设定的所有概念都需要通过造型来最后论证。所以造型设计虽然是一种艺术创作，但却具备了较强的逻辑思维特征。最后还要说的是，在角色方案都确定好以后，要多听取他人的看法以便获得更多的意见和建议，将周围的同行当做观众并将观众的普遍需求结合具体的设计是一个比较有效的方法。

5.2 总体形态的检测

设计好的系列造型还需要有一个比较客观的检测，鉴于在此之前我们已经有针对性地进行了设计概念的分析，所以我们后期对造型论证的主要目标是角色的概念的落实，要求造型能具备明显的可辨识性。主要包括造型结构的性格要鲜明、运动表演的特点要显著、总体的气质要相得益彰等要求。

5.2.1 阴影的外形匹配与可辨识性

将造型全部涂黑，在忽略所有造型细节的前提下，以纯粹剪影的形式观察并确定各个角色的身份被称为"剪影检测法"。这通常是一个比较有效的方法，因为在动画片中，无论故事的发展节奏还是角色的表演节奏都比较强调明快的节奏感，再加上新创作出的动画角色并不能如真实的大明星一样拥有广泛而良好的群众基础，所以我们需要这些角色的身份、性格等在总的形态上就体现出可辨别性，这使得观众会很快地接受这一角色并顺利地记住这个形象。这几乎是所有动画造型设计师的追求。

3 个圆球的图形让我们很快就能想起迪士尼的"米老鼠"，而造型比较接近写实的动画角色"史莱克"，是我们通过其宽厚的身形、两个上翘的耳朵就能很快辨认出的憨厚有趣的"大怪物"，如图 5-9 所示分别为米老鼠、忍者神龟和史莱克。

图 5-9

我们追求的角色的剪影应该达到以下几个方面的效果。造型本身很有趣味，充满独特的风格；要求能看出这个角色在片中的社会身份和特点；要通过剪影所呈现的形态、气质集中体现出角色的内在性格特点。

有了这 3 方面的标准，这个角色就很有希望成为卡通明星，如图 5-10 所示为《怪物电力公司》和《冰河世纪》中的角色。

图 5-10

5.2.2　运动表演的匹配　

在前面的章节里，我们曾经提到过，控制三维动画角色的表演姿态常常受到很多技术方面问题的限制。因此一方面我们的三维角色造型设计师要比较了解三维角色技术设定的知识，另一方面还要学会"戴着手铐跳舞"。

当然，我们并不是说最后才来检测这个造型是否能用三维技术实现（在讲设计的初期时就提醒大家要注意到这一点）——至于现在阶段的检测，主要是讲设计好的造型要再次通过三维技术检验，具体可以分为以下几个环节。

首先，将设计好的造型建好模型（可以是粗模），设置专门的骨骼蒙皮系统，重点观察是否会出现骨骼需要调整或权重发生错误的情况。

其次，将绑定好骨骼的角色运动起来，测试一些常规动作，如走、跑、跳等。需要说明一下的是，很多初学者在给造型结构比例比较特殊的造型设置骨骼时，经常用常规的或写实的要求去检测造型，如手臂是否能完全弯曲，腿是否能抬起来等，这其实是错误的，因为特殊的体形正是特殊表演风格的良好基础，将角色的头、肩、腰、臀、腿全面运动起来，往往会产生出乎意料的有趣的运动效果，分别如图 5-11 和图 5-12 所示。

图 5-11　　　　　　　　　　　　　　　　图 5-12

5.2.3　视觉体系的统一

将所有的角色造型并置在同一个画面中，观察由所有角色的视觉主题、形态结构、色彩装饰元素所形成的综合形象气质，注意是否能达到原先的概念设计中各个角色的相互对比效果，如图 5-13 所示。

图 5-13

5.3　课后练习

1. 请以"严肃的父亲"为中心设计出一个完整家庭的所有成员，并完成所有角色的造型设定方案稿，题材和风格不限。

2. 以文字阐述的形式谈谈你在设计过程中对视觉主题的看法。

第 **6** 章

概念造型的效果表现

本章重点讲解三维造型设计的效果表现技法和流程，包括了以下几个内容：平面效果的表现草图、效果设定图的表现过程和技巧深入介绍、三维造型实物模型的过程介绍。

本章重点：
- 了解概念造型草图表达的几个重要注意点。
- 掌握效果表现的重要创作思路和绘画步骤技巧。
- 概括了解造型实物模型的制作过程和方法。

6.1 平面效果的表现

任何一个三维动画角色的初始形象都来自于设计师灵动的画笔，当我们有了很好的设计构思的时候，最重要的还是要将其表现出来。最先是概念草图，然后是具体的草图方案，接着是细致的效果表现，以及气氛图的表现等。而作为一个动画角色设计师来说，能迅速、准确地捕捉到灵感并以较好的表现手法将自己的概念传达给别人，是一个优秀设计师所要具备的良好素质。

6.1.1 角色造型概念草图的制作

草图的绘画基本上是在思考的过程中完成的，不求十分精确但力求实现"不完整中的可能性"。在这个环节中，设计师应该尽可能尝试更多的方案，对数量的要求大于对质量的追求。这样，我们能在一开始就有更多的选择，因为一旦确定了方向，我们就会有大量的后续工作跟上。下面具体结合实际的图形，我们来分析一下草图阶段的表现形式。

1. 准确表现造型的第一特点

关键是不要投入到太多的细节中去，用粗的单色线条来完成图形的绘画，将造型的特点集中表现出来即可，如图 6-1 所示。

图 6-1

2. 拓展性的设计

创造性地设计出更多的方案，具体的思路可以从形态结构的突破、视觉主题的突破等几个方面来进行演绎，如图 6-2 所示。

图 6-2

3．注意思路的连贯性，并尝试不同方案的融合

除了激情洋溢地开拓思路外，还要注意小心地整理思路。因为这些创造出来的方案都有各自有的优缺点，我们尝试着将这些造型进行理性的分类，有利于启发更多的更接近答案的创作想法，如图 6-3 所示。

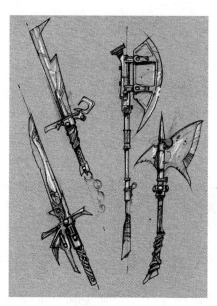

图 6-3

4．以绘画文字相结合的方法对重点方案进行较深入的分析和结构刻画

这是一个比较重要的强调理性思维的过程，如果说我们在前面的环节里设计出一个角色的"样貌"的话，那么我们现在就需要提供出具体的、科学化的、更详细的资料：内部结构是什么样的、质地是什么样的、运动变化起来又会是什么样的等。这主要是使造型的方案得到论证，并有效地让所有相关人员能很快理解这些造型并及时做出有益的判断，如图 6-4 所示。

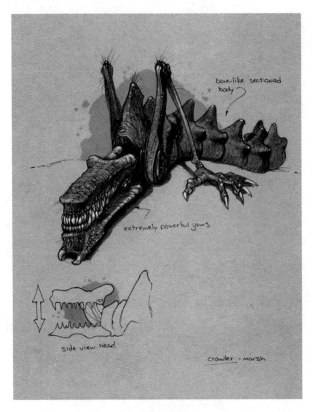

图 6-4

5. 尽可能以快速绘画的方式完善画面效果

经过了一段比较复杂的思考过程后，我们一般都会比较满意最后的方案，这时我们就需要保证这个造型的画面效果，因为良好的视觉感受会使这个角色更具有说服力。同时，即使得到别人的不同意见并被迫修改，也是非常值得一试的，因为那些意见并不是我们用潦草的涂鸦换来的，而是以比较全面的方案换来的宝贵的建议，如图 6-5 所示。

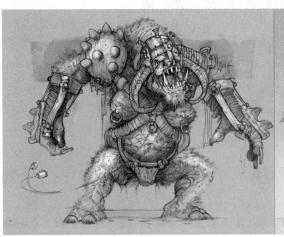

图 6-5

这样，我们得出了完整的造型概念草图方案，下面的工作就是将这一方案继续深入表现，创作出造型的更多细节、色彩和质感。

6.1.2　效果表现

将造型方案以完美的效果表现出来是比较重要的，无论是对于商业还是非商业的创作项目来说，中后期的制作投入都是巨大的。因此我们在将造型正式确认为角色之前，必须要经过反复的论证和修改，而效果图除了承担展示的使用之外，更主要的作用在于它仍然是一个重要的过程环节——承担着最初的"预见"式的评价重任。因为在正式的动画制作流程中，效果图确认后还有情境的气氛图设定制作，以及黏土模型等必要的"再认定"过程。

所以，我们绘制角色造型的效果图就应该充分体现出该角色的概念和总体的气质，刻画表现出造型在形象方面的吸引力和表演某一瞬间的神情特性。据美国著名的 Cartoon Network 电视频道的项目审片人介绍，在你每天看很多送来申报的动画项目策划的时候，只有神气活现的充满性格的造型设定图才能吸引住你，而不是站得笔直的呆板的造型图。

显然，一幅出色的造型效果设计图既体现着设计者对故事角色造型的感性形象思维，也反映着艺术家比较理性的逻辑思维，我们应该充分掌握好造型的效果图表现的技巧，因为从动画产业的角度来讲，我们所创造的造型还不仅仅是故事的扮演者，还是后续延伸产品的开发主体，这是设计师要一并考虑清楚的。如在香港电影《长江七号》中，外星狗的造型设计甚至可以说是刻意跨过故事直接瞄准了延伸产品玩具的开发，如图 6-6 所示。

图 6-6

所以总地来说，我们绘制的效果图既承载着虚拟人物形象的审美主体角色，也肩负着表演创意、制作投入分析乃至市场前景的重要责任。

6.1.3 绘画的方法

1. 手工绘制

这里所说的手工绘制主要是指不使用计算机而用传统的手工绘画的方法，所使用的工具也是物理性的材料而非"数码"产品，所以我们需要掌握很好的使用材料的技巧，如对于什么品种的纸张应该用多少分量的水等，一般来说我们需要经过长久的训练才能培养起手工绘画的能力。

手工绘制使用的工具主要有以下几种。

1）铅笔

主要用来清稿，将线型勾勒清晰，一般用 2B 铅笔就可以了，如图 6-7 所示。

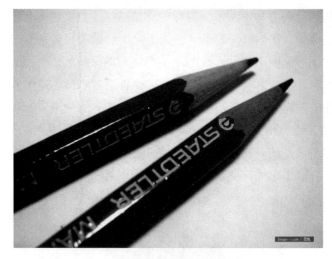

图 6-7

2）尼龙的细线笔

细线笔分不同粗细的型号，用于最后确定铅笔线型并刻画细节，如图 6-8 所示。

图 6-8

3）色粉

有些像黑板上用的粉笔，用刀刮成碎沫并用小棉球在所需的区域晕染擦拭，主要实现比较好的光滑平面过渡效果（类似于喷笔），如图 6-9 所示。

图 6-9

4）马克笔

马克笔分水性和油性两种，通常油性的由于每个笔触间相互渗溶性好所以易于控制，但价格较前者要贵一些，如图 6-10 所示。

图 6-10

5）儿童水色

也就是儿童水彩笔的小瓶装水性颜料，色泽透亮轻薄，比较适合晕染，常与纤维毛笔结合起来模拟马克笔的效果，如图 6-11 所示。

图 6-11

6）白色颜料

覆盖性强，可以是丙烯或水粉颜料，主要用于提点高光的部分，如图 6-12 所示。

图 6-12

7）纸张

类别不限，要求吸水性好，有一定的耐摩擦性。一般比较好的动画专用纸也是我们理想的
选择。

8）其他工具

除了上述工具以外，我们也可以根据自己的想法使用其他的工具。有时我们为了达到比较好的效果往往会别出心裁使用一些其他的工具。

2．计算机辅助绘画

之所以强调计算机"辅助"，是因为即使我们用电脑来绘画其实也与手工绘画的步骤和过程差不多，但用计算机绘画的优势在于可以很方便地呈现效果，并有很多修改的空间。所以在一般情况下，我们可以直接用手写板输入（如图 6-13 所示），或在纸面上完成清稿后再扫描上色，Photoshop 和 Painter 是使用比较广泛的主流绘图软件。

图 6-13

总地来说，不管用什么样的方式完成画稿，其创作步骤是一致的。特别是使用越来越发达的手写数字化仪器，使原先似乎很复杂的程序逐渐简化。

6.1.4　底色渲染法

这种方法是比较通行的概念表现方法，总体的思路是先大面积地铺设角色造型的固有色并兼顾到光影的关系，然后在总体色调的基础上逐步覆盖加深阴影，提亮受光部分，从而以暗部、灰部、亮部三大色块迅速构建造型的立体效果。底色渲染法的特点是速度快，有利于掌握总体的画面气氛。

具体的实例操作如下。

1．誊清线稿

要做到画面干净整洁，结构、透视、造型的细节部分也都要注意勾勒到位，如图 6-14 所示。

很多人在草图没有完全准确的情况下就完成了复制誊清工作，结果当原先随意的线条改成规整的轮廓线之后，造型往往出现各种各样的问题。特别是我们制作的是三维动画的造型方案，所以在结构、透视的合理性上一定要做到严谨，既能体现出造型的总体风格，也能准确体现三维的概念。

另外，还要注意造型的线型要留白，如有很多光滑过渡的高光部分时，就必须留白，如图6-15所示。

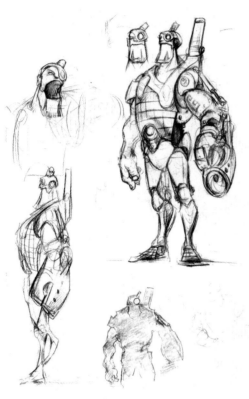 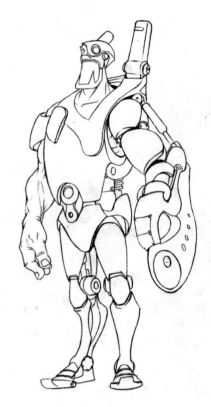

图6-14 图6-15

2．铺设底色

铺设底色的效果如图6-16所示。

铺底色还是比较有讲究的，主要应注意以下几点：

- 注意造型的固有色。因为动画的角色造型并不像一辆汽车那样通身都是一种颜色，动画造型有皮肤的固有色、衣服的固有色、道具的固有色等。通常我们会选择色块面积最大的固有色先整体铺垫，因为这样比较有利于缩短绘制所耗费的时间。

- 结合光影的关系。事实上我们在铺设底层颜色的时候就要明确好光源的方向，以色彩的冷、暖、灰、鲜来具体控制，这样我们在下面刻画细节的过程中就可以按照造型局部与光源的距离关系来具体处理了。局部细节分析如图6-17所示。

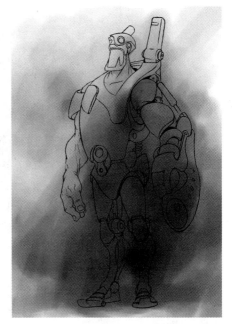

图 6-16　　　　　　　　　　　　　　　　图 6-17

- 注意总体构图形态的美观。底色的铺设也是画面构图的一部分，因此需要设计好。特别要说明的是，底色的形态诸如笔触、肌理、分布等都应该充分地与角色造型的性格相呼应，如比较柔媚的角色就可以采用水色相融自然化开的效果；而一些比较阴沉的性格角色则适合暗调子过渡强烈的笔触，如干墨刷出的效果，如图 6-18 所示。

图 6-18

3．加深暗部

注意要整体地加深暗部，同时保持好各局部之间良好的光影对比关系，如图 6-19 所示。

图 6-19

4．以暗色刻画细节

针对各个细节加强刻画，诸如肌理、结构、毛发等都循序渐进地进行刻画，同时一定要兼顾整体对比的关系。

5．加强受光部的效果

调整明度、色相，注意遵循光源投射的合理性，以及不同局部的质感。如纺织品、木质、金属、毛发、皮肤等都各有不同。

6．加强质感表现

继续刻画细节，着重凸现不同质感的效果，使之产生特定的观赏趣味。

7．总体收尾调整

最后将各个局部的光色对比关系做好调整，保证画面的整体性，如图 6-20 所示。

图 6-20

　　总地来说，除了这一方法之外，还有其他很多的画法。放眼世界各地的很多优秀艺术家都具备自己独特的创作风格，这有赖于我们在今后学习过程中不断进行探索。利用效果表现技巧既要能表现出角色所独有的视觉效果，又要生动地表现出角色造型的性格、神情，从而以真实的效果树立一个虚拟的形象。

6.2　造型实物模型的制作

　　对于很多投入比较大的制作来说，在设计流程中还要将角色的造型从平面制作成真正的立体模型，这既属于对方案的"再认定"，也是使后面的三维模型师更准确地把握造型的有效手段，从而保证作品的顺利进行。在这里我们简要讲解一下。

6.2.1　模型图纸的制作

　　模型制作前需要一个完整的三视图，包括正视图、侧视图，以及俯视图，可以选择比较有代表性的角色造型动作，关键是图形的比例、尺寸要尽量准确，如图 6-21 所示。

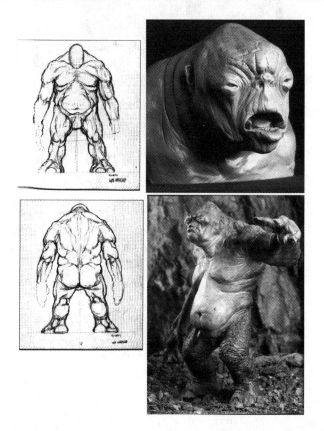

图 6-21

6.2.2 泥塑模型的制作

做泥塑的材料比较理想的是用油泥，即工业产品模型的制作材料。这种油泥经过简单的吹风机加热就会立即软化，可以随意进行塑形，而回到常温后，质地又会变得比较坚硬。在处理细节时可以用专业的工具如刮刀等进行雕琢，即使是锐利挺阔的边缘也可以很容易地做到，同时在出现失误后只要再次加热就可以弥补了。

制作模型和在平面上造型有较大的差别，但对于三维动画师来说，这些问题如果在做泥塑的时候不能解决那迟早也会在三维软件制作的时候出现。当然，很多的专业剧组里现在也有优秀的雕塑艺术家参与制作，如图 6-22 所示。

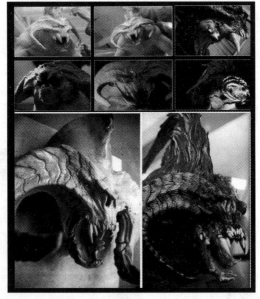

图 6-22

从上面的图片中我们可以看到，三维动画造型设计是一个艺术和技术充分结合的探求过程。如果我们有一个好的想法，除了立刻记录和表现出来之外，切记这时不要急于立刻定稿，要经过论证、修改等步骤。总而言之需要我们更多的细心和耐心。但是在遇到困难时不能轻易灰心，因为真正出色的设计一定是会经历这些过程的，我们要做的就是把最初始的创作激情很好地保存在心里，灵感的种子终究是会发芽的。

6.3　课后练习

1. 请自行设计一个三维动画造型，并完整整理出草图。

2. 将上题的造型以完善的效果图表现出来。要求性格鲜明、结构清晰、质感表现到位、画面感好。

第 7 章

三维软件中角色制作的注意点

　　本章主要讲解三维角色建模中应该注意的要点。内容包括结合 3ds max 软件平台分析人体比例及男女结构区别、结合 3ds max 软件平台了解肌肉的名称，形状和位置，做到合理且用足够的布线区别对待（静帧、动画、游戏、电影）不同要求的模型结构等。这些内容是三维角色建模的要点。

本章重点：
- 掌握人体结构比例，以及男女结构的区别。
- 掌握人体肌肉的形状及位置。
- 了解合理足够的模型布线。
- 了解在不同的应用中不同布线的法则。
- 掌握 3ds max 动画角色头部的布线法则。
- 了解 3ds max 游戏角色制作的流程及方法。

7.1　角色的结构

一说起角色建模，大部分初学者就会问：是不是要求有很高的美术基础？如果想创作出自己的人物，具有深厚的美术基础和文化修养是不可缺少的。如果作为单纯的建模师来说，素描是他的基本能力之一，因为只有角色建模中的结构正确才能体现模型的美感。

7.1.1　结合 3ds max 软件平台分析人体比例及男女结构区别

1．概述

基本上来说，如果读者不懂得比例和解剖学的原理，就不可能制作出很出色的角色。应该把比例看成确定长度、宽度和特征的重要标志。在评论别人角色作品的时候，第一眼应该看到的是作品外观上有问题的地方，比如前臂太长、脚太大、头太小等。这些不足会使角色看上去比例不协调。提高对角色模型比例把握能力的最好方法之一就是充分地利用自己的眼睛。在制作完模型的时候，要仔细的观察角色的结构，如果看上去不对，就继续修改，直到正确为止。在具体制作角色模型的时候，有时只要进行很小的改动就会使效果产生很大的差异。这里面，人体的比例是最关键的。

我们应根据不同的需要制作不同个性的角色，当然角色的比例也是不一样的。当需要按照真实的人体比例制作角色模型的时候，男女的结构比例按照正常的人体比例制作即可；但是在游戏和其他娱乐项目中，一般来说有这样一个原则：运用比现实更为夸张的比例。比如，我们经常可以看到在好莱坞和国外的其他一些动画片中的女性角色造型，常常都会制作得比较夸张。主要体现在摩登女郎的角色设计上，常常胸脯制作得比头部还大。还有撅着嘴唇翘起臀部的妇女在到处奔跑、射击、跳水、打滚，这些角色未必真实，但是这类夸张且有个性的角色常常会受到观众们的欢迎。同样观众也愿意看到肱二头肌比自身的头部还要大的英雄角色。

2．不同角色的身体比例

在设计不同角色的时候，要先充分考虑到角色的年龄、性格、性别、种族等等外部因素，从而决定其身体的比例，进行不同的设计和制作。比如说，一个成年的胖子，他的身体比例通常用夸张的短腿、粗大的身体、层叠的下巴来表现，这种情况在正常人里是很少出现的，但正是角色的这些特点会成为角色设计和制作成败的关键所在。

而小孩的身体比例如图 7-1 所示。

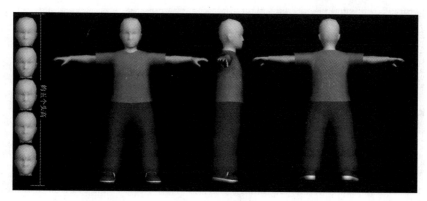

图 7-1　小孩比例

孩子的头部相对较大是他的主要特征。一般比例为 3～5 个头高，其身高主要和所设计角色的年龄相关。小男孩有别于成人，小女孩的臀部也有别于男孩，具有女性的特征，随着年龄的增长会越来越明显，脊椎曲线越来越大。男孩肌肉也会越来越发达，脂肪逐渐减少。小孩躯干自身长、宽、高的比例与大人相似，但没有大人厚实，曲线没有大人明显。

正常男性人体的身体比例如图 7-2 所示。

图 7-2　男人比例

在欧洲的人体造型中，一般采用以身高和头高相比来表示人体的比例。如上图所示，理想化的男性成人直立时，头高为身高的 1/8。从正面看，头顶至足底之半处，是耻骨联合处。上半身的一半为乳头横平线，从这里到头顶的一半为一头高。从乳头横平线至耻骨联合处的一半，又恰好是脐孔。从耻骨联合处往下为人体的下半部，它的一半为小腿机端的胫骨粗隆处（约膝关节稍下）。颈长是头下颌底至肩峰的高度，约为 1/3 头高。肩宽约为两个头高。此外，上肢垂直靠拢躯干时，肘部鹰嘴突约与脐孔平齐；腕部正为股骨大转子处。腰宽略小于头高；直立靠拢的两个小腿肚侧之间最宽处，约为一个头高；臀宽小于胸宽。从人体背面看，头顶至足底的一半恰为尾尖处，第七颈椎棘突与肩峰齐平。从人体侧面看，整个身高的一半在股骨大转子处。胸背最宽处为一头高。足长为身长的 1/7。

正常女性人体比例如图 7-3 所示。

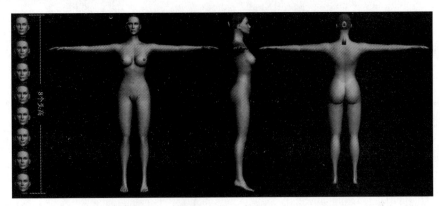

图 7-3　女人比例

一般认为，女性人体虽然头高与身高之比也是 1:8，但女性的躯干和下肢的比例系数大于男性人体。因而理想化的女性人体直立时，身体的一半在耻骨联合处的上方部位。这是女性人体的一个重要比例参数。另外，女性的肩宽不足自身的两个头高，而臀宽与胸宽的比例又大于男性，因此女性具有臀宽大于胸宽的特征。女性腰宽约和头高相等。在古希腊时期，人们认为理想化的女性人体，头顶至脐孔、脐孔至足底的比例恰为黄金比（1:1.618）。当然这些仅仅是针对一般男性和女性的比例。在角色的制作中，还要考虑到角色的个性等会影响造型。

正常的男女比例如下图 7-4 所示。

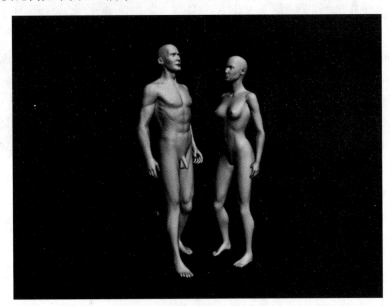

图 7-4　男女比例

从医学的角度来分析，人体结构是很复杂的。当我们面对一个活生生的人体时，我们首先考虑的不是哪一块肌肉和哪一块骨头，而是它的整体结构。如我们可以把头部理解成一个球体加楔形，或者干脆把它看成是一个卵形，颈子看成是一个柱体，胸部和臀部是两个楔形，四肢看成是圆柱体和截锥体。对人体结构的这种理解，我们把它叫做几何结构。世界上所有人的肌肉和骨骼基本上是一样的，但是这些相同的肌肉和骨骼由于型号不一样，会组装出千差万别的人体形态。

　　下面我们从形态上来分析男女的结构差别：女性身体的曲线较男性明显，男性局部的肌肉结构较女性明显。从整体上看，男性肩宽臀窄，上大下小，躯干平直，外形方一些，脊椎曲线较女性来说要小一些，颈部与肩部的关系没有女性转折得那么圆润。从骨骼上看，女性胸廓较小，肩窄臀宽，上小下大，躯干曲折，脊椎曲线较男性大一些，再加上女性脂肪丰厚，臀部脂肪向后下方翘起，脐孔下方腹部有一个脂肪丘（西施丘），耻骨联合处又有一小丘（维纳斯丘）。从侧面看时就明显构成与男性完全不同的曲线。由于女性肌肉不如男性发达，加上脂肪在臀部的衬垫，使女性显得腰细而臀宽，正面看时也显示出与男性完全不同的曲线。从局部来看，女性脂肪发达而体表圆润；男性肌肉发达，皮下脂肪较少而肌肉结构明显，身体表面小曲线的变化较大，骨点清楚。

　　女性乳房的基本形是球体，但乳房是由脂肪构成的，它有一定的流动性，当人体直立时，是一种水滴状，而仰卧时是接近馒头的形状但很平坦。从锁骨外侧到乳头，左右交叉地呈现出"又"字形，其交叉点在胸骨中间。由于胸廓正面看呈半圆形弧线，因而乳房呈放射状。若从躯干的横断面上看，乳头到脊椎的两根连线分别是左右乳房的平分线，当看到一个乳房是正面时而另一个必然是侧面。

　　男性颈子粗而短，腰粗而直，男性腰部大约有一个半头宽，女性腰部约为一个头宽。男性因肌肉发达而胸部的田字形腹沟清晰。女性则腹部圆润，腹沟模糊。较胖的男性腹沟也模糊，腹部也圆润，但形体与女性不同。较胖的男性没有维纳斯丘，上腹与下腹混为一体，呈球形凸起，最高点在脐孔上方。女性腹部分成上下两半，上腹圆润下腹凸起，最高点在脐孔下方。

　　男性肌肉比女性发达，女性脂肪比男性丰厚。男性躯干直而方，可以理解成冬瓜形；女性躯干圆而曲线大，可以理解成葫芦形。

　　女性的乳房、西施丘、维纳斯丘完全是脂肪在皮下的隆起。女性肱骨头、髂嵴比男性清楚。从侧面看男性躯干与腿几乎是垂直相接的，整体形态显得平直，女性躯干曲线较大，构成这种曲线的主要因素在于骨骼和脂肪。

　　从背面看，男性臀部呈半月形，与大腿浑然一体；女性臀部呈葫芦形，左右加起来像蝴蝶形，与大腿明显分离，整个躯干也呈葫芦形。

3．3D 模型中女性的解剖特征

　　接下来我们结合 3D 模型中的人物来区别男女的具体结构。从整体而言，女性身体比男性身体柔顺，曲线平滑。女性共有七大解剖上的特征，在建模时要特别注意。

　　1）正三角形

　　女性最明显的特征，除了丰胸翘臀外就是正三角形，要想表现出女性的这一特征，主要应该通过调整肩膀的宽度，以及骨盆的宽度来实现这一效果，如图 7-5 所示。

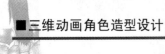

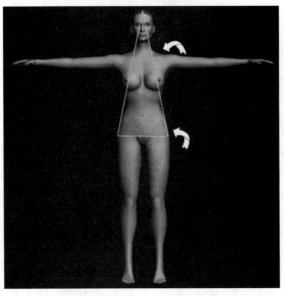

图 7-5　女性正三角形比例

2）女性的背部特征

女性的肩胛骨与臀部线条主要呈八字型特征，所以要逐步地整体调整女性身体的肩与臀部的比例，如图 7-6 所示。

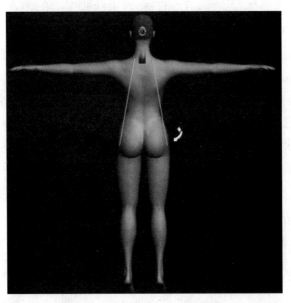

图 7-6　八字型肩胛骨与臀部比例

3）女性的侧面臀部比肩胛骨突出

女性背部有平滑的"S"形曲线，而且要注意肩胛骨不可比臀部更明显，如图 7-7 所示。

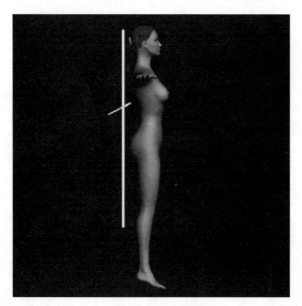

图 7-7　女性背部的 S 曲线

4）女性锁骨的特征

女性的锁骨纤细并且骨骼形状较男性更为明显，如图 7-8 所示。

图 7-8　女性的锁骨特征

5）女性臀部的特征

女性臀部的起点比男性要高。女性的腰部位置要比男性的高，上身与臀部间的连接也比较平顺，如图 7-9 所示。

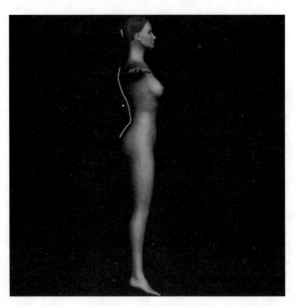

图 7-9　女性臂部的特征

6）女性腿形的特征

女性的腿一般都呈现出"X"形。这一点与男性不同，是一个很重要的女性特征，如图 7-10 所示。

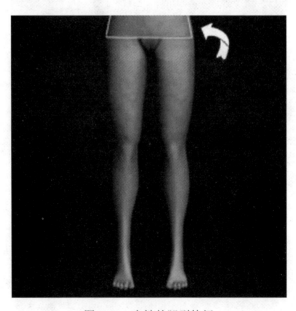

图 7-10　女性的腿型特征

7）女性胸锁乳突肌的特征

女性的胸锁乳突肌比男性细。女性除了没有喉结外，颈部与肩膀之间的胸锁乳突肌比男性要小，如图 7-11 所示。

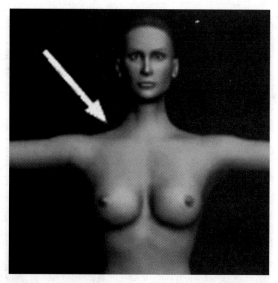

图 7-11   女性的胸锁乳突肌

4．3D 模型中男性的解剖特征

男性的建模反而比女性简单，共有五项要点，在建模时要特别注意。

1）男性的倒三角形身体

男性的身体特征如果从整体的角度来看，主要从上到下呈现出倒三角形的特征，如图 7-12 所示。

图 7-12   倒三角形的男性身体

2）男性的胸肌

胸肌是比较能够体现出男性身体特征的重要部位，如图 7-13 所示。

图 7-13　男性的胸肌

3）僧帽肌

凡是练过肌肉的人，这部分的肌肉特征就会比较明显。一般出现在强壮的男人身上，如图 7-14 所示。

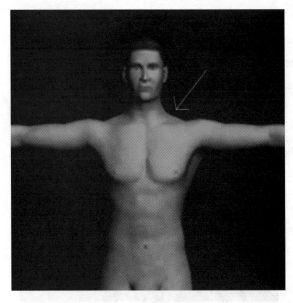

图 7-14　男性的僧帽肌

4）"虎背熊腰"

与女性相比，男性的肩胛骨比较明显，臀部相对较小，如图 7-15 所示。

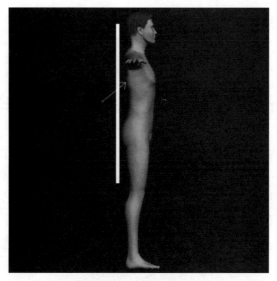

图 7-15 男性的侧身比例特征

5）腹直肌

强壮的男人一般会在腹部出现 6 块肌肉。在做男性的人体建模时，可以对此部分做适当的强调，如图 7-16 所示。

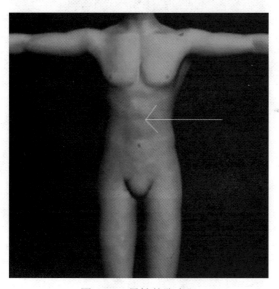

图 7-16 男性的腹直肌

这些就是主要的男性与女性的基本特征，在实际的男女身体上会有不对称的地方。比如，女性右边的乳房比左边要稍微大一些，手臂的长度也稍有不同。这是一般的情况，但是这种情况在计算机制作的图形中常常体现得不够。由于 3ds max 软件中有功能强大的镜像反射功能，因此我们常常进行对称处理的操作。

在角色设计的过程中，一些艺术家常常把自己的喜好加进模型的制作中。比如把男性做得非常强壮，身体高度常常高于一般人，肌肉也非常发达。在做女性时则突出其纤长的腿部、丰满的胸部和臀部等。用这种看似有些夸张的处理手法并不是件坏事，因为在基本身体结构符合正常比例的情况下，它将使个人创作的角色具有独特的个性，从而影响角色的设计和最终的效果。

7.1.2　结合 3ds max 软件平台了解肌肉的名字、形状和位置

了解解剖学，除了对身体的比例能够正确地把握之外，掌握肌肉的位置和形状对我们制作模型也是非常重要的。角色设定好之后，结合人体的结构形状可以使你在制作过程中节省大量的时间。与此同时，肌肉最终影响到模型布线问题。如图 7-17 所示为肌肉分布的正视图，而图 7-18 所示为肌肉分布的后视图。

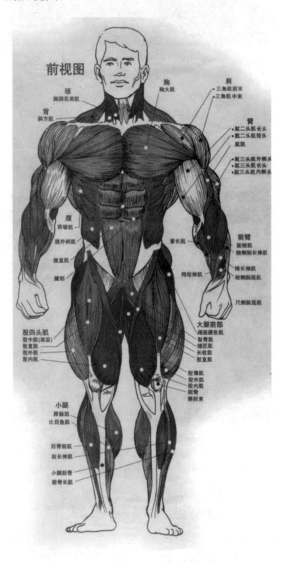

图 7-17　肌肉分布的正视图

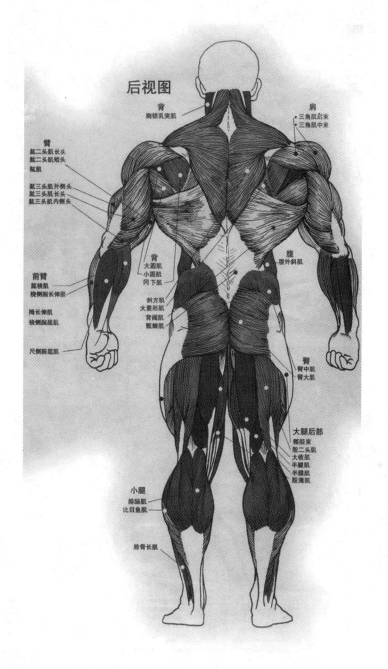

图 7-18　肌肉分布的后视图

　　完美的结构不仅来自透视学的辅助，也靠着艺术家所累积的观察经验；完美的人体表现不仅要靠比例上的正确组合，也要靠解剖学上所归纳整理的肌肉与骨骼的结构。无论是绘画还是现在的计算机模型，都显示了解剖学在其中的重要作用。作为一个合格的角色设计师，对人体肌肉的理解要充分、透彻。如图 7-19 所示为骨骼肌肉的 3D 模型。

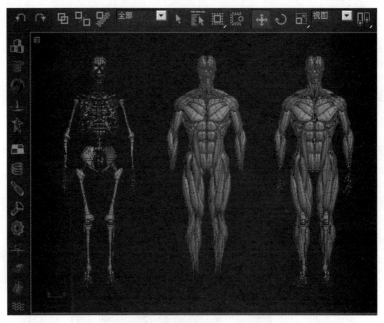

图 7-19　骨骼肌肉的 3D 模型

　　建立模型时，参照肌肉的走向图对制作模型非常有帮助。图 7-20 所示为人体背部下方的肌肉走向图。通常人体结构解剖图的资料大多为"前视图"和"侧视图"，这里提供了各种角度的肌肉走向图以供读者在建模的时候参考使用。

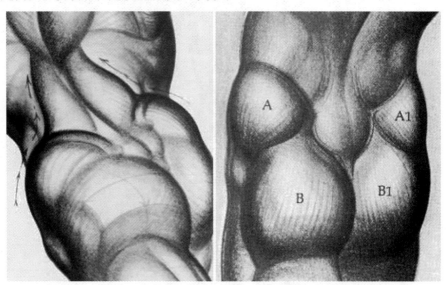

图 7-20　人体的肌肉走向图

　　图 7-21 所示为依据上图的肌肉走向在 3ds max 中建立的模型。需要注意的是，每一组肌肉块决定肌肉线条的走向。

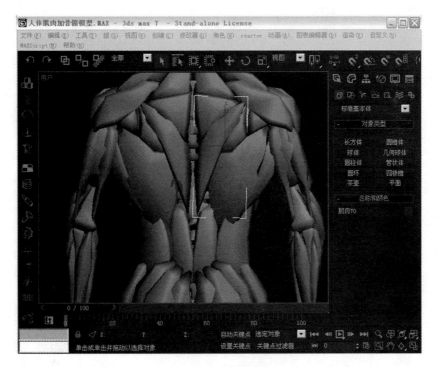

图 7-21　人体背部肌肉走向

如图 7-22 所示为背部上方的复杂肌肉图。当我们在建立锁骨和肩胛骨部位时，这是很重要的参考依据。

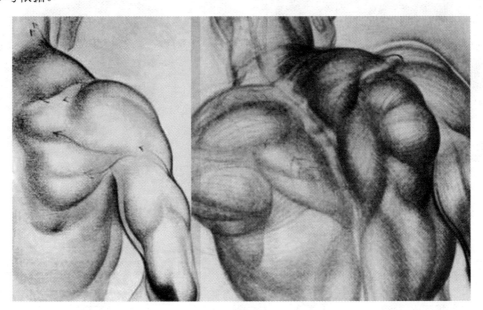

图 7-22　背部肌肉图

在相对应的模型中要注意背部的肌肉走向和点的关系如图 7-23 所示。

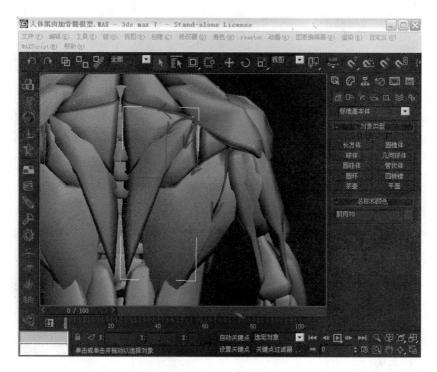

图 7-23　3ds max 中的肌肉图

如图 7-24 所示为手臂肌肉的走向。

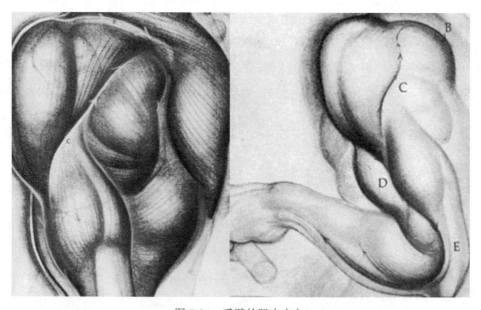

图 7-24　手臂的肌肉走向

　　事实上,手臂部位的建模常常发生问题,这是因为人类手臂肌肉的走向分布比较复杂,如图 7-25 所示。

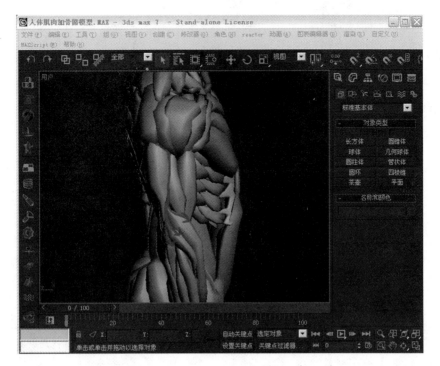

图 7-25　3ds max 中的手臂肌肉走向

如图 7-26 所示为腿部肌肉的走向。

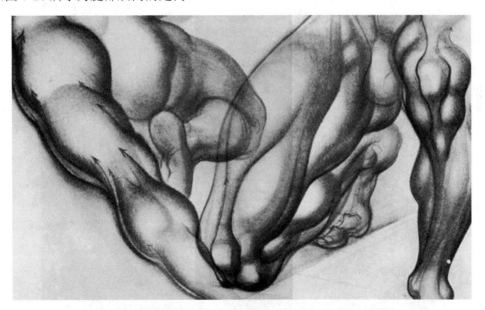

图 7-26　腿部肌肉的走向

如图 7-27 所示为腿部侧后方肌腱延伸的方向。

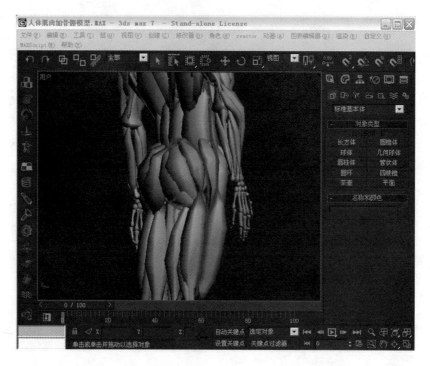

图 7-27　3ds max 中的腿部侧后方肌腱延伸方向

如图 7-28 所示为膝盖的肌肉走向。

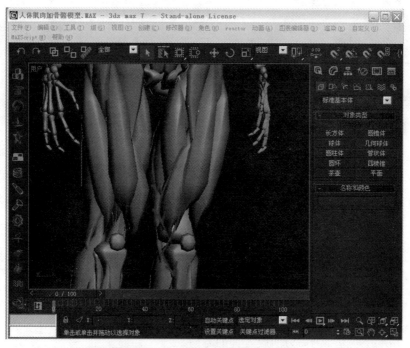

图 7-28　3ds max 中的膝盖肌肉走向

如图 7-29 和图 7-30 分别所示为身体下部躯干的肌肉走向。

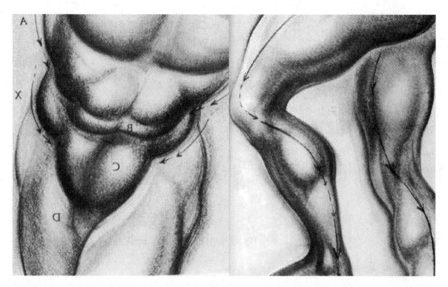

图 7-29　下部躯干的肌肉走向

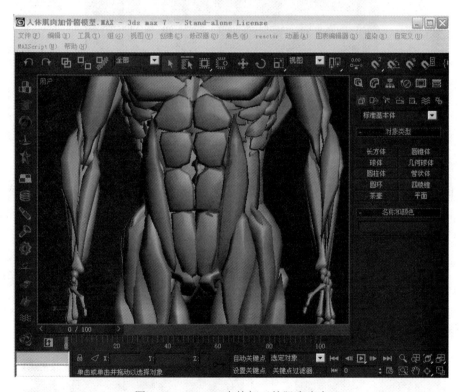

图 7-30　3ds max 中的躯干的肌肉走向

这是角色模型主要部位的肌肉走向。要制作更精确的人体模型，还需要对肌肉进行细致深刻的理解。在制作角色动画时也需要参照不同姿势的图片进行肌肉变形的参考。如果要制作出好的模型，还需要进行更多的研究，多看多做才是提高的唯一途径。

7.2　多边形建模布线的造型规律

一种好的布线方法不仅可以使模型精确，还可以大大减少多余的面细分。所以往往一个人的布线水平也决定了他建模水平的高低，这些都不是仅仅靠看几本教程就可以领会到的，只有自己多练，在练习中慢慢积累自己的经验，才能形成自己的布线方式和思维方法。

7.2.1　做到合理且足够的布线

说到布线，首先要了解网格线起到的作用。它是为了固定物体外型的，通常以三角面、四边形和五边形构成物体的整体轮廓。一个模型 1 000 个面可以为其定形、10 000 个面也能为其定型。不同面数的角色模型如图 7-31 所示。

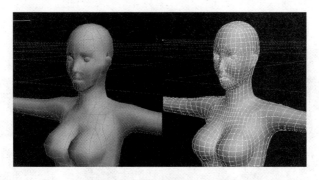

图 7-31　不同面数的角色模型

布线的结构基本是以肌肉和角色结构为依据的。下面我们继续讲解布线的疏密依据。

有人认为在能够刻画出结构的同时，线越简则越好。这种想法是不完全正确的，线过少会导致肌肉变形，可操控性下降。模型的布线不是以定型为最终目的的，作者必须为日后的动画着想。即便是做单帧，也要为绘制贴图而考虑。

无论是动画级别还是电影级别的模型要求，布线的方法基本上没有太大区别，只是疏密程度不同而已。基本上可以遵循这样的规律：运动幅度大的地方线条密集，包括关节部位，表情活跃的肌肉群等。嘴部的密集布线和膝关节的密集布线分别如图 7-32 和图 7-33 所示。

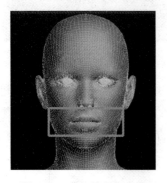
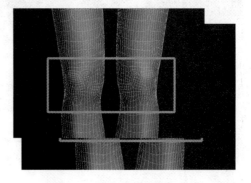

图 7-32　嘴部的密集布线　　　　　图 7-33　膝盖关节的密集布线

密集的线有两个用途：首先是用来表现细节，其次是能够促使伸展更方便。由于眼睛在表情动画中的变化是最丰富的，因此眼眶周围拥有足够的伸展线是必不可少的。头盖骨部位不会有肌肉变形和骨骼运动，此处的布线能达到定型的目的就可以了。耳朵的形体很复杂，它的线条密集只不过起到表现结构细节的作用。耳朵、头盖骨和腿部关节的布线分别如图 7-34、图 7-35 和图 7-36 所示。运动幅度小的地方用线疏，包括头盖骨、部分关节与关节之间的地方。

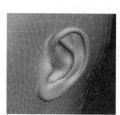
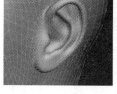
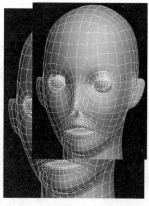

图 7-34　耳朵的布线　　　　图 7-35　头盖骨的布线　　　　图 7-36　腿部关节的布线

均等四边形布线法要求线条在模型上分布平均，且每个单位形状相似。由于面与面的大小均等，排序有续，这样就可以为在后面要进行的包括展开拓扑图、给角色添加蒙皮、肌肉变形等方面的工作提供更大的便利。而且在修改外型的时候很适合用雕刻刀这一工具。均等四边形布线法的缺点是在想要体现更多肌肉细节要求的时候，面数会成倍增加（一般用于视觉苛刻的电影角色）。均等四边形布线法的布线安排一般是按照骨骼的大方向走，纵线要与相对应的骨骼垂直。电影角色中的均等四边形布线模型及效果分别如图 7-37 和图 7-38 所示。

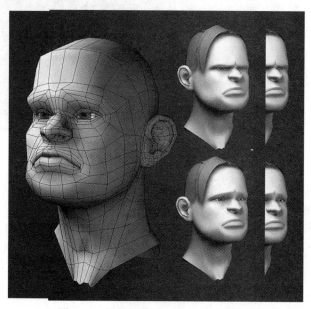

图 7-37　电影角色中的均等四边形布线模型　　　　图 7-38　均等四边形角色模型的布线效果

以上的方法概括一下可以归纳为 8 个字：动则平均，静则结构。具体解释就是指伸展空间要求大的角色模型，而且角色变形复杂的局部采用平均法能够保证布线数量的充足及合理的伸展走向，这样就可以支持大幅度的运动变形要求。角色的变形要求小的局部，就可以使用结构法做足够的细节，它的运动延展性可以不用做过多的考虑。

鉴于生物体的复杂性，就使在建模时无论是均等四边形布线还是按照人体的结构和肌肉走向的布线法都难以避免"五星"多边形面和"三星"三角面布线形态的出现。所以怎样处理好它们的布线关系就显得尤为重要。

首先，多边形建模一般都要兼顾模型光滑以后的效果，但"五星"多边形面和"三星"三角面在光滑后会有不平整的表现，在视觉上会造成瑕疵。其次，"五星"，以及五边形面在表情或者肌肉变形时会难以控制，不能很好地伸展。一般哪里出现"五星"，伸展就会在哪里停止。眼睛的表情伸展能力基本在如图 7-39 所示的红线处终结。

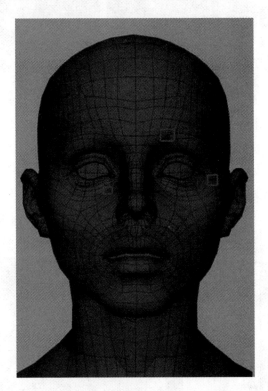

图 7-39　表情伸展在五边形面处结束

如果运动幅度大的地方有这些面的存在，就会严重影响肌肉的正常变形。人脸作为生物模型的精华之处，所以建模时的要求就会比身体模型要高，所以要更加小心。人面部的眼、嘴处的圈状布线线形越多，越有利于肌肉的伸展，制作的表情就会更加精准。因此如果制作那些要求具有表情动画的模型，则该角色模型的脸部往往面数相对较多。当然在制作面数低的模型时，对于动画表情的要求没有那么高，且不用考虑光滑后的效果。所以对"五星"的要求没有那么苛刻。

下面介绍一些非常优秀的布线角色模型的实例。如图 7-40 所示的这个模型，在面部布置了密集的线圈，属于表情类的模型，嘴部和眼部都使用了密集的线条，在没有肌肉变形的地方则使用了少量的四边形来构成其轮廓。

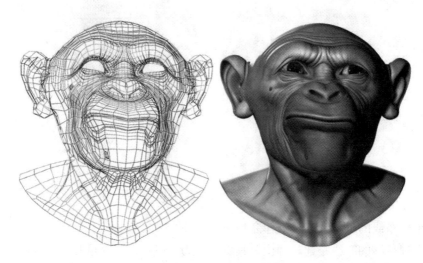

图 7-40　表情类的模型布线

如图 7-41 所示为国外作者创作的头部模型。这个模型基本的布线都标注了出来。眼部和嘴部呈放射状态，它将"三星"三角面和"五星"多边形面的点基本分布在脸部的深色线条的交点上。

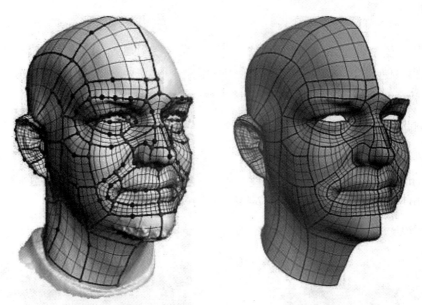

图 7-41　带标注的国外角色模型

如图 7-42 所示为著名的游戏《古墓丽影》中的探险家劳拉的角色模型。由于这是游戏中的角色模型，所以游戏人物的整体面数并不多，属于典型的游戏低面数角色模型。

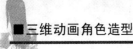

图7-42 《古墓丽影》角色模型

总结：了解布线的基本原理及规律之后再制作模型才能够做到任何时候都心中有数，临场不乱。做到合理足够的布线是建模师应该具备的能力，但是仅仅靠这几个基本概念是远远不够的，还需要更多的练习，从制作中总结自己的经验。

7.2.2 区别对待（静帧、动画、游戏、电影）不同要求的模型结构和布线

通常来讲，模型一般都被分为两种，一种是高精度模型，另一种则是低精度模型。基本上在静帧和电影中使用的是高精度模型，动画则根据不同的需要选择使用，而游戏在大多数的情况下都使用低精度模型。下面就详细介绍这4种用途中模型的要求。

1. 静帧模型

静帧主要是和动画区别开来的。通常，艺术家们经常使用3D软件制作高精度模型渲染出自己想要的图形后再用2D软件进行修改，最终完成自己的作品。在实际应用中，以效果图和插画的形式出现，分别如图7-43和图7-44所示。

图7-43 静帧模型效果

图7-44 静帧模型效果

在这类静帧 CG 中，对模型的布线要求没有动画那么高，但是它讲究模型的细节表现。通常这类模型的面数比较多。简单地来说，只要你愿意就可以随意添加更多的面来表现你所需要的结构（前提是设备先进），而且不用考虑运动的成分。在场景展示艺术和工业效果图等领域，制作静帧画面比较多，分别如图 7-45 和图 7-46 所示。它们的特点就是模型精细美观，材质贴图精度高，结构准确，布线更随意。

图 7-45　CG 静帧场景艺术效果

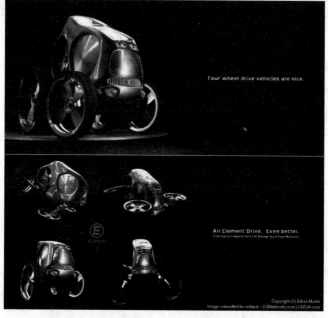

图 7-46　CG 工业效果图

2．动画模型

与静帧相比，动画则是由静帧模型制作关键帧最后导出的动画。关键就在于它要会动。因此，制作中不但要达到需求的模型精度，同时在布线上也需要很讲究，模型主要是为动画服务的。好的布线，在后面制作动画时才能做出生动的动作及表情。它的基本规则就如上一节所讲：动则平均，静则结构。简单来说，就是在有肌肉变形的地方多布线，要做到能够完成我们所需要的效果为止（如面部表情，腿部关节等）。在不需要运动的位置则布线只需要构成结构就可以了，最终的动画的效果是影响制作的重要因素。动画电影中的模型分别如图 7-47和图 7-48 所示。

图 7-47　动画电影中的模型

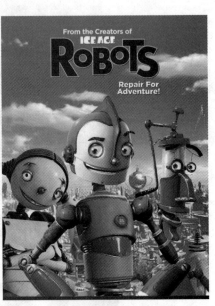

图 7-48　动画电影中的模型

3．游戏中的模型

一般初学者都存在一个误区，认为游戏的制作流程要求和 CG 动画影像等同。这是错误的，两者主要的区别就在于动画影像不需要具备交互性，只有静帧或者动态影片两种表现，如我们一般看到的广告片和电影大片中的 CG 特效场景等。而游戏的制作流程的精度相对比较低，而且往往画面需要实时根据玩家的操控而改变，具有很高的交互性。由于并不是所有电脑玩家的配置都是一样的，为了让最低配置的电脑玩家在运行游戏时画面也能同样出色，所以游戏在制作上要严格限制模型面的数量且规定贴图分辨率，在这样的苛刻条件下表现出精彩的画面细节，从而制作出相对精美的场景画面。也就是说，在规定面数的前提下制作最好的模型。

游戏也根据不同的角色需要布线。比如主人公需要表情动画，那么他的面部要根据表情基本布线法则来布线。要挥舞武器、跑步等，都要根据具体的需要来制作，游戏中的角色模型分别如图 7-49 和图 7-50 所示。此外在游戏技术的成分中，游戏贴图的绘制表现能力所占的比重也很大。贴图绘制技术比较好的从业人员所制作出的画面效果就相对会好，如图 7-51 所示。

但是美工仅仅是游戏中的一部分，游戏整体策划的成功与否才是决定游戏成功与否的关键。

图 7-49　游戏中的角色模型

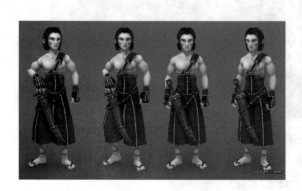

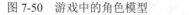

图 7-50　游戏中的角色模型　　　图 7-51　游戏中的角色模型与贴图绘制的效果

4．电影中的模型

在电影中常常需要计算机特效来表现演员或者场景无法达到的效果。这类电影中仿真的效果做得比较多，使用高精度模型完全仿真演员的造型动作。当然电影也会根据不同的情况，在制作上会有不同的要求。好莱坞写实的特效大片对角色的要求是相当苛刻的。为了防止出现破绽，无论摄像机在什么位置拍摄，模型都要保证肉眼能看得到细节，分别如图 7-52 和图 7-53

所示。这里所讲的电影工业级别其实就是超写实的说法。这里的角色少则几十万，多则上千万。它能够很好地契合所需要的角色，在运动中不失细节是它的特点，如图 7-54 所示。

图 7-52　电影中的角色模型　　　　　　图 7-53　电影中的角色模型

图 7-54　电影中的角色模型

7.2.3　3ds max 角色面部的布线法则

　　面部布线的一个最重要目的就是为了表情动画。人物内心的各种不同的心理活动，主要是通过面部表情的变化反映出来的。而面部变化最丰富的地方是眼部（眉毛）和嘴部，其它部位则相应地会受这两部分的影响而变化。对于面部表情来说，必须把整个面部器官结合起来进行分析。单纯只有某一部分的表情不能够准确表达人物的内心活动。清楚分析理解面部肌肉的走向分布和收缩方式，有利于我们把握面部的模型布线。如图 7-55 所示，这是一个十分经典的面部肌肉的解剖和分布图，从中可以很清楚地了解整个面部肌肉的情况。

1．表情肌肉

面部表情肌肉属于皮肤，它是由一些薄而纤细的肌纤维组成的。一般起于骨或筋膜，止于皮肤。收缩时牵动皮肤，使面部呈现出各种表情。

眼部和嘴部是面部最为活跃的区域，其它部位则相应会受这两部分的影响而变化。因此我们重点关注这两个部分的肌肉走向和运动方式。

2．眼部

眼部的环状眼轮匝肌位于眼眶部周围和上、下眼睑的皮下。其收缩时能上提颊部和下拉额部的皮肤，使眼睑闭合，同时还在眼周围皮肤上产生放射状的鱼尾皱纹。闭眼、思考等表情都会影响到眼轮匝肌。横向的皱眉肌在额肌和眼轮匝肌的之间靠近眉间的位置，其收缩时，能使眉头向内侧偏下的方向拉动，并使鼻部产生纵向的小沟。

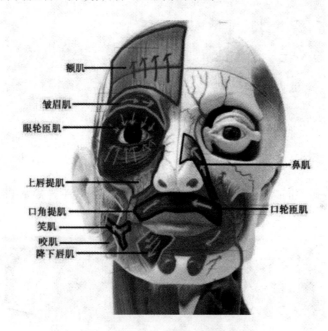

图 7-55　面部肌肉的解剖和分布图

7.3　3ds max 角色建模实例讲解

前面已经讲解过各类不同要求的角色建模的区别和特点，下面就来讲解一下 3ds Max 软件平台最为常用的两种建模类型，分别是动画的角色建模、网络游戏的角色建模与制作的全过程。

7.3.1 3ds max 动画角色建模

下面开始建立一个 3ds max 动画角色的头部模型。读者要重点掌握头部建模的思路及方法。建模的思路清晰了以后，就要按照从整体到局部的方法逐渐深入。

（1）首先我们创建一个长、宽、高的段数都为 2 的 Box 物体。如图 7-56 所示，将其转化为可编辑的多边形物体。

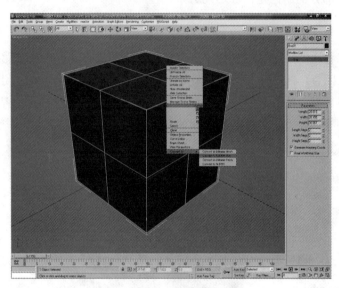

图 7-56 建立多边形 Box 物体

（2）在多边形物体的"点"级别中，选择 Box 物体的一半，然后将其删除，如图 7-57 所示。

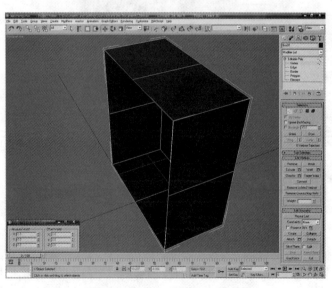

图 7-57 删除一半的 Box 物体

（3）在修改器列表中选择【Symmetry】命令将该 Box 物体做对称操作，如图 7-58 所示。

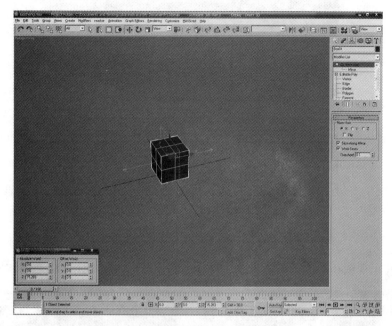

图 7-58　选择 Symmetry 命令

（4）选择可编辑多边形中的点级别，将 Box 物体编辑成如图 7-59 和图 7-60 所示的最接近头部的形状。

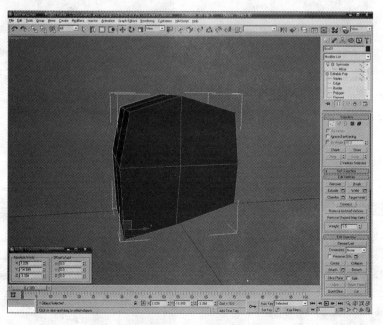

图 7-59　编辑头部形态

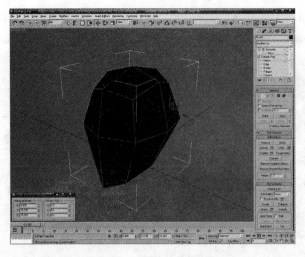

图 7-60　编辑头部形态

（5）最后在正视图和侧视图中将多边形的 Box 物体编辑达到如图 7-61 和图 7-62 所示的效果。

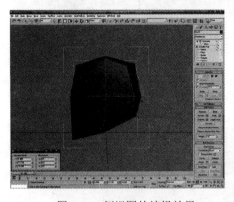
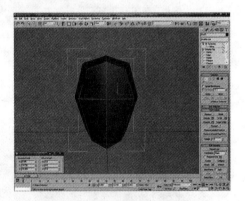

图 7-61　侧视图的编辑效果　　　　　　　图 7-62　前视图的编辑效果

（6）接下来再添加新的线。基本上在制作模型的过程中，要将现有的面数编辑成最接近头部的形状，在已经不能再修改的情况下再添加新的线，这样就可以保证不会做出很多的废面而影响后面的模型效果，如图 7-63 和图 7-64 所示。

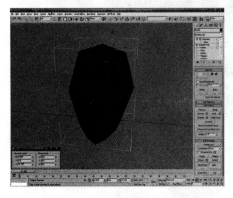
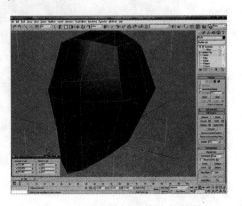

图 7-63　调整编辑后的头部效果　　　　　图 7-64　调整编辑后的头部效果

（7）目前脸部的基本轮廓已经成型，下面刻画嘴部和眼部的细节。在脸部添加创建鼻子的线，然后将鼻子的雏形做出来，分别如图 7-65 和图 7-66 所示。

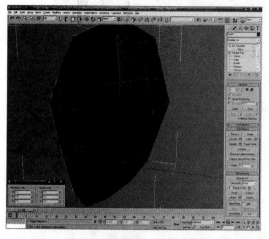
图 7-65　添加鼻子的线条

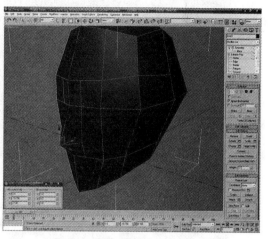
图 7-66　拖曳出鼻子的雏形

（8）在鼻子上再添加一条线，来制作鼻子的轮廓，如图 7-67 所示。

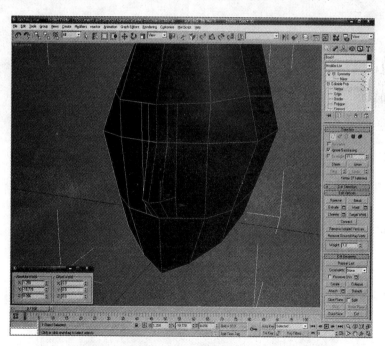
图 7-67　继续编辑鼻子的模型

（9）下面对嘴的细节进行刻画。在嘴的部位上画出一个菱形，然后选中嘴部的菱形面并将其删除，分别如图 7-68 和图 7-69 所示。

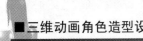

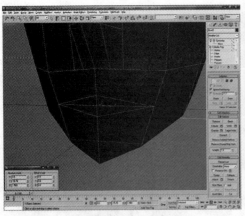

图 7-68　刻画出嘴部形态　　　　　　图 7-69　删除嘴部的面

（10）在嘴的边缘再添加一圈线，用来做出嘴唇的厚度分别如图 7-70 和图 7-71 所示。

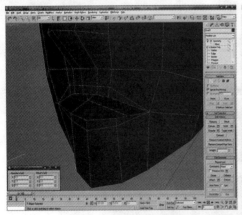

图 7-70　添加嘴部厚度的线　　　　　　图 7-71　编辑出嘴部的厚度

（11）如图 7-72 所示，调整完成嘴部的最终形态。

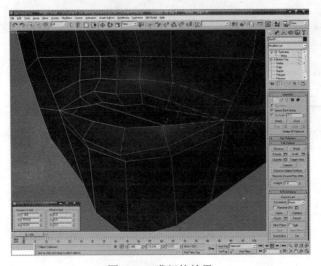

图 7-72　嘴部的效果

（12）鼻子和嘴完成之后来创建角色模型的眼睛。首先要找准眼睛的位置，在纵向的方向上画出两条线来确定眼睛的大概位置；然后在【点】级别中，调整点的位置让其成为放射形状，接着选中眼睛的面并将其删除，为后面添加眼球做好准备，分别如图 7-73 和图 7-74 所示。

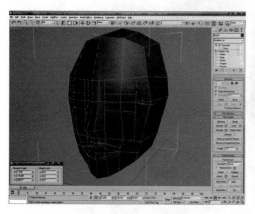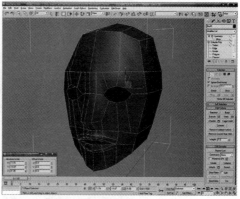

图 7-73　在眼部的位置画线　　　　　　图 7-74　删除选中眼睛的面片

（13）到目前为止，眼、嘴、鼻的基本结构及形状已经创建完成了，如图 7-75 所示。下面要进行的就是在细节和布线上的调整。

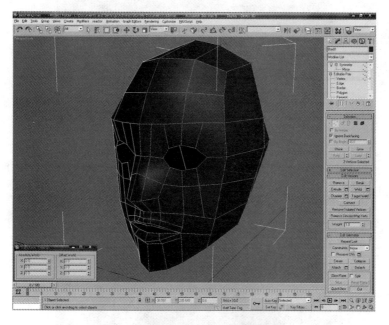

图 7-75　头部基本结构及形状的创建

（14）将前额头部位的线条编辑补充为环绕头部的线圈，再加一圈线在耳朵的位置上，让整个头部更加圆滑，如图 7-76 所示。然后再选中所有的面，建立平滑组"1"，如图 7-77 所示。

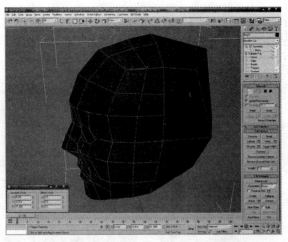

图 7-76　在额头部位和耳朵的位置添加线

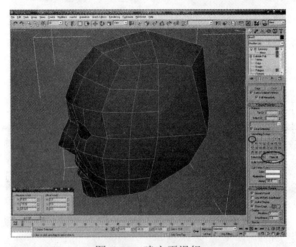

图 7-77　建立平滑组

（15）进一步刻画眼部的细节。在眼部的内圈中添加一圈线，如图 7-78 所示。将嘴部不合理的线条加以修正，使它呈圆圈形状，如图 7-79 所示。

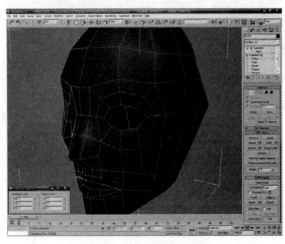

图 7-78　在眼部加线圈

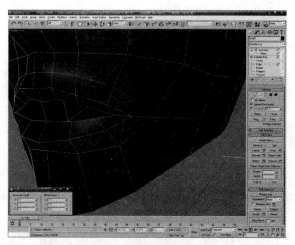

图 7-79　修正嘴部线条

（16）处理鼻子位置的线。主要在鼻子的下方部位添加线条，然后选中面并删除，做出鼻
孔。在鼻梁上面添加横向的线圈，做出鼻梁的结构支撑，分别如图 7-80 和图 7-81 所示。

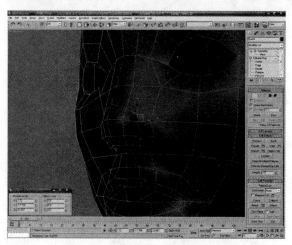

图 7-80　做出鼻孔并调整鼻梁

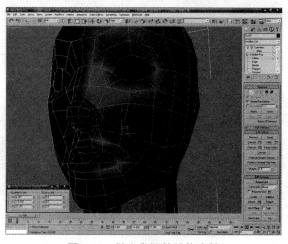

图 7-81　做出鼻梁的结构支撑

（17）到目前为止，嘴、眼、鼻部的大体结构线就已经基本完成了。下面就是将头部的后脑勺部分加以完善，使之更为圆滑，如图 7-82 所示。

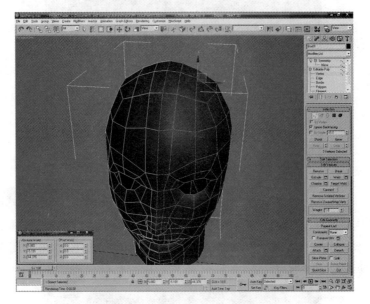

图 7-82　调整完成的整个头部效果

7.3.2　3ds max 游戏角色建模

下面来学习 3ds max 的游戏角色的建模方法。游戏制作是 3ds max 软件的主要应用领域。在进行游戏角色的建模之前，首先要做好前期的准备工作，包括观察原画和策划稿，了解角色的性格、年龄、动作等。

（1）调入一个简单的女人体角色模型，我们要在这个模型的基础上进行更深入的模型创建。接着要调整 3ds max 的工作环境。首先设置场景的单位，如图 7-83 所示。

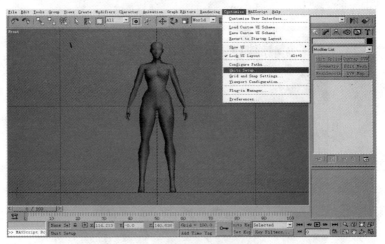

图 7-83　设置场景单位

（2）进入角色模型的【点】级别，然后完全选中模型左侧的半个身体并将其删除，接着单击工具栏中的【镜像】按钮，对该模型进行镜像的操作。这里要选择关联镜像，这样就可以保证在对右侧的模型进行操作的时候，左侧的模型也是同步进行的，如图 7-84 所示。

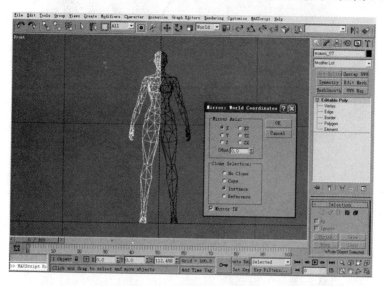

图 7-84　关联镜像模型

（3）为模型设置一个简单的标准材质，色彩为浅蓝灰色。如果觉得视图太暗，可以把环境颜色调亮些，如图 7-85 所示。

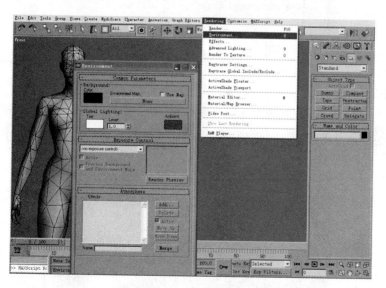

图 7-85　设置环境色

（4）下面将游戏角色的原画调入到 3ds max 的视图当中作为参照，如图 7-86 所示。使用【Alt+B】组合键，将素材中的原画参考图调入到场景的视图当中，如图 7-87 所示。

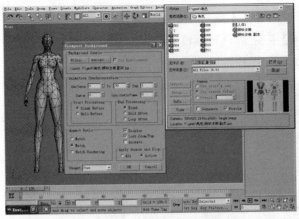

图 7-86 调入原画

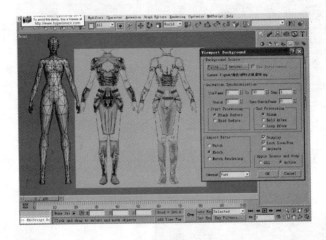

图 7-87 调整好原画位置

（5）根据原画观察标准人体结构布线，要分析清楚体形需要在哪里修改，哪些地方该建模，哪些地方用贴图表现，观察模型布线如图 7-88 所示，背部布线如图 7-89 所示。同时要时刻牢记，创作游戏角色的原则就是用最少的面，表现出好的结构。

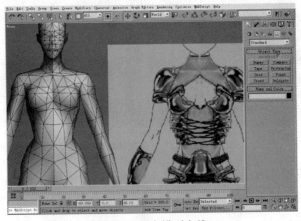

图 7-88 观察模型布线

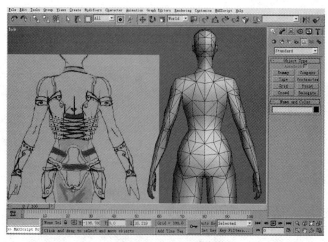

图 7-89　背部布线

（6）首先要把大形确定下来，然后再进行细致的调整，分别如图 7-90 和图 7-91 所示。在具体的操作中如果错误地旋转了视图，可以按下【Shift+Z】组合键加以恢复。

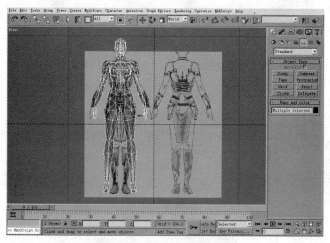

图 7-90　将原画与模型对比

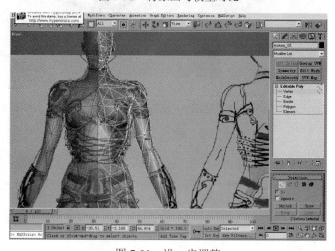

图 7-91　进一步调整

（7）关节处至少有一条线，才能保证动画时表现出关节的存在。修改关节处的布线如图7-92所示。

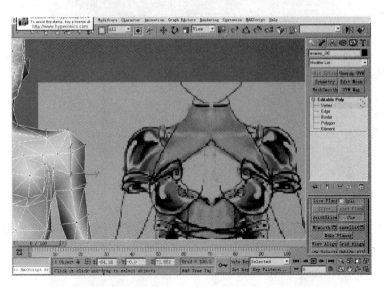

图 7-92　修改关节处布线

（8）肩部盔甲要圆滑些，单击 Cut 按钮，使用【Cut】命令裁出一条线，并将其调整到如图 7-93 所示的形状。

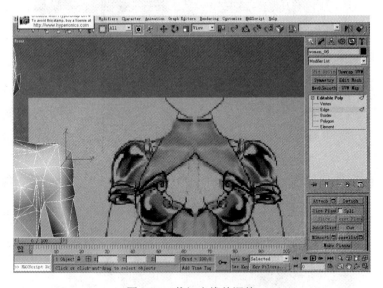

图 7-93　裁切出线并调整

（9）继续调整。选择 Edge 边级别，在角色模型肩膀的位置上单击 Remove 按钮，使用【移除】命令，如图 7-94 所示移除一条线，然后在如图 7-95 所示的位置上单击 Cut 按钮，使用【Cut】命令裁出一条线。

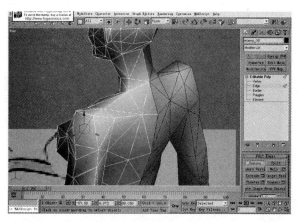

图 7-94　移除一条线

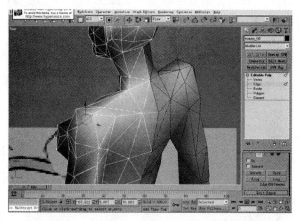

图 7-95　裁出一条线

（10）调节角色模型背后的形状，单击 Remove 按钮，使用【移除】命令将如图 7-96 所示的两条线移除。然后在如图 7-97 所示的位置上单击 Cut 按钮，使用【Cut】命令裁出一条线。

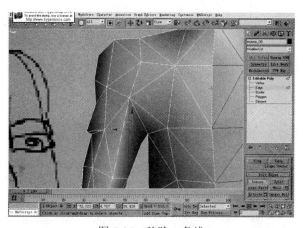

图 7-96　移除 2 条线

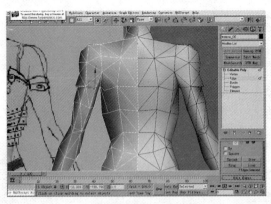

图 7-97　裁出一条线

（11）下面调整角色模型的乳房部分。选择【点】级别，单击 Weld 按钮，使用【焊接】命令将没有必要的点焊接。这样就对那些影响结构的线进行了修改，使整个角色模型尽量圆滑，如图 7-98 所示。

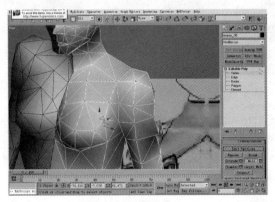

图 7-98　焊接两点

（12）修改角色模型的形状，大致如图 7-99 所示。这里要仔细地按照原画的特征反复地调整。

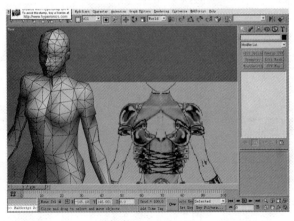

图 7-99　大致形状

（13）在角色模型的胸部盔甲位置做出一个鼓起。在角色模型的腹部盔甲位置继续调整，使用【Cut】命令裁出一条线，然后稍微做出鼓起，形状要与原画中的腹部盔甲一致，分别如图7-100 和图 7-101 所示。其他的片甲我们使用贴图来表现。

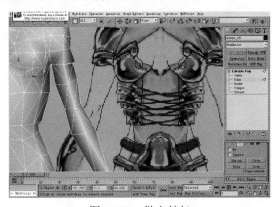

图 7-100　做出鼓起

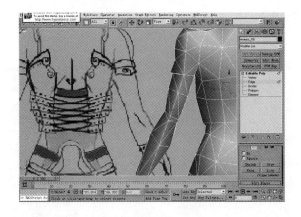

图 7-101　腹部盔甲

（14）接着进行调整。手臂的肘关节处由于活动幅度较大，所以要在这个地方使用【Cut】命令多切出一条线，如图 7-102 所示。

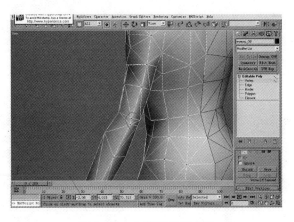

图 7-102　在关节处裁出线

（15）原画前臂的盔甲是有弧度的，所以要在角色模型的相应位置中使用【Cut】命令切出一条线，使前臂的模型效果更加立体。调整后的效果如图 7-103 所示。

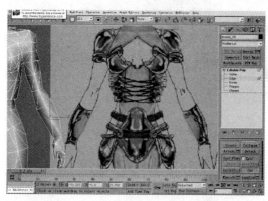

图 7-103　做出前臂盔甲弧度

（16）接下来对照原画调整模型的下身盔甲部分。这一部分的模型比较复杂，先调整两侧的盔甲。用原有的点调节出如图 7-104 所示的效果，最终调节后前盔甲和后盔甲的效果分别如图 7-105 和图 7-106 所示。

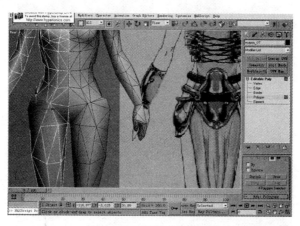

图 7-104　调整点的效果

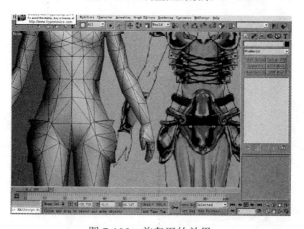

图 7-105　前盔甲的效果

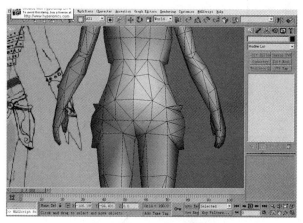

图 7-106　后盔甲的效果

（17）下面制作前摆。如图 7-107 所示选择【边】级别，然后选中两条红色的线，接着单击 Extrude 按钮，使用【挤出】命令将前摆挤出。选择【面】级别，然后删除不必要的面，如图 7-108 所示。使用【Cut】命令裁出足够的线，然后进一步按照原画来调节前摆的形状，如图 7-109 所示。

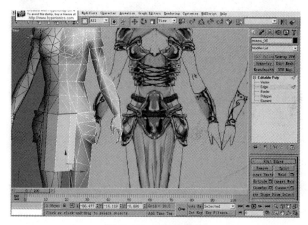

图 7-107　挤出前摆

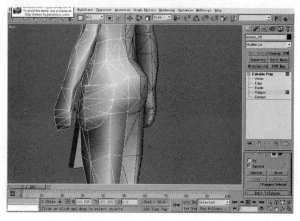

图 7-108　删除没用的面

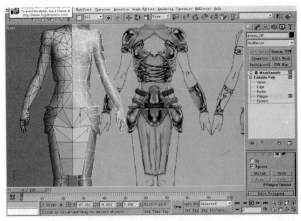

图 7-109　调整前摆形状

（18）选择前摆，把它隐藏。然后接着调节大腿的结构形状，调节后的效果如图 7-110 所示。

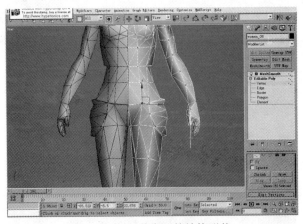

图 7-110　调节大腿的结构形状

（19）调节臀部结构。选择【边】级别，然后选择臀下侧两条线，使用前面制作前摆的方法挤出后片，调节至如图 7-111 和 7-112 所示的效果。

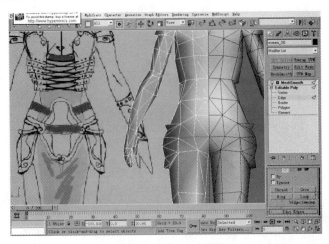

图 7-111　选择 2 条线

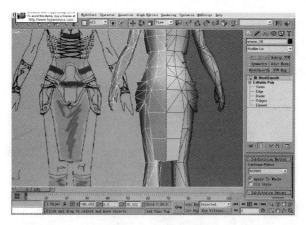

图 7-112　挤出并调整

（20）参考原画调节角色模型的脚部。注意要表现出足部穿上鞋的结构，最终的调整效果如图 7-113 所示。

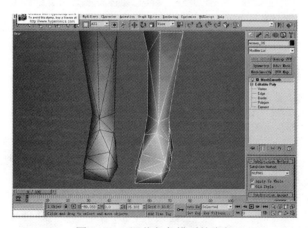

图 7-113　调节角色模型的脚部

（21）最后调整的是头部。按照原画调节出角色的结构特点，主要是头发和一些身体上的装饰物件。注意要从多个角度观察模型，要做得圆滑、饱满，如图 7-114 所示。

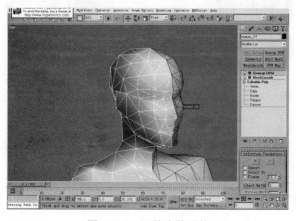

图 7-114　调整头的形状

（22）选择如图 7-115 所示的红线，然后使用【挤出】命令将模型挤出以后作为头发，使用【Cut】命令多切出几条线以便做后面的动画，调节模型的头部效果如图 7-116 所示。接着做出头部侧面的头发，如图 7-117 所示。

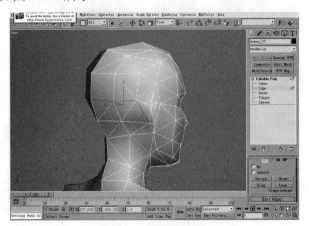

图 7-115　选择红线

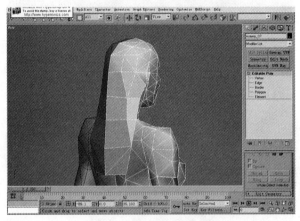

图 7-116　调整头发的形状

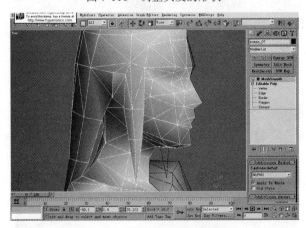

图 7-117　做出头部侧面的头发

（23）到目前为止，角色模型的建模就完成了，下面开始进行展开 UV 贴图的工作。这是游戏制作中很关键的一步，我们使用修改器列表里面的【Unwrap UVW】命令。

提示：使用 3ds max 的【Unwrap UVW】工具有两种方法：可以给一个物体的每个单独的部分添加【UVW map】，Mapping 的类型可视各部分形状而定，这样做的优点是快捷，但不太准确；还可以用 3ds max 的展开贴图命令展开模型，然后再用手工缝合。这样做麻烦，但相对准确。这里我们选择第二种方法，因为我们的目的是锻炼自己的动手能力和提高准确度。

（24）首先给模型赋予一个材质，把漫反射贴图设置成 Checker（棋盘格）贴图类型，将"U"、"V"两个方向上的 Tiling（重复贴图）次数的值设置为 30，使方形色块小而密。这样做的目的是为了在调整 UV 时检查是否有拉伸的现象，如图 7-118 所示。

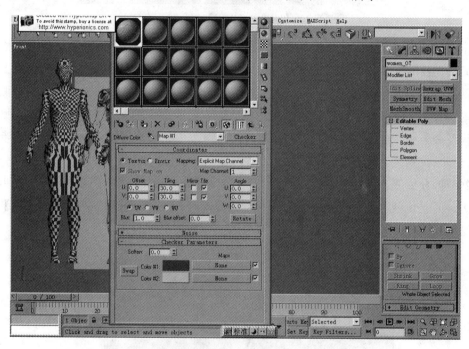

图 7-118　不正确的 UV

提示：如果两个面内的正方形色块大小不一，就说明这两个面的 UV 调节得不合适，容易产生错误。

（25）选择角色模型，在修改器列表中选择【Unwrap UVW】命令，单击修改面板下的 Edit 按钮，弹出一个【Edit UVWs】编辑面板，在【Selection Modes】（选择模式）区域中单击▦按钮，选择面次物体模式。在【Mapping】菜单栏的下拉列表中选择【Flatten Mapping（平展贴图）】命令，会弹出一个对话框，单击【确定】按钮，这时系统会把模型平均展开，平铺在蓝色的安全框内，这时的 UV 应该是最准确的，如图 7-119 所示。

图 7-119 【Unwrap UVW】命令展开的 UV

提示：目前 UV 展开的效果太过零碎，不利于后面的贴图绘制。所以要把这些网格划分成几个大的块，接缝少了，画起贴图来自然就方便了。那么这几大块怎么划分呢？原则上是在模型贴完贴图后尽量看不出接缝。一般分为头部、躯干、上肢、下肢几个部分。但还要视不同的角色而定，如果是个穿长袍的角色，可能就要把整个袍子分成几块。经过观察，可以把本实例的角色模型分为头、躯干、胳膊、手、裙子、腿和脚这几个主要的部分。下面我们一步步来进行操作。

（26）拆分头部。首先将头部从脖子的位置起从身体上分离出来。因为这一部分明暗变化不是很大，而且角色脖子下半部分系有布料，如图 7-120 所示。选择角色模型的【边】级别，选中的网格线作为脖子和布料的分界线。

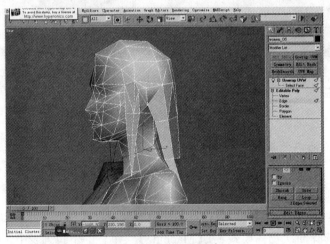

图 7-120 选择分界线

（27）选择角色模型，然后进入【Unwrap UVW】命令的子级别，单击修改面板下的
 Edit... 按钮，弹出【Edit UVWs】编辑面板，在【Selection Modes】选区中勾选右下角的【Sync to】复选框。这可以保证角色模型中选择的半边脸面与【Edit UVWs】编辑面板中选择的面相一致。然后在 3ds max 视窗中选择角色模型从分界线往上的头部的面，包括头发。

可以看到 UV 坐标的视窗中也有相应的网格面被选择了，这些就是头部的网格面，如图 7-121 所示。

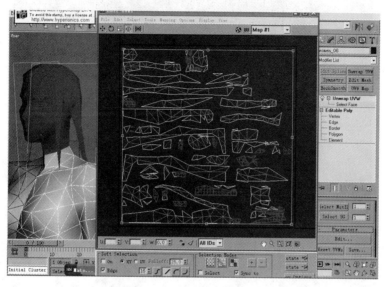

图 7-121　选中头部网格面

（28）在【Edit UVWs】编辑面板中，选择【Tools】→【Break】菜单命令，将这些网格面从跟它们相连的、没被选择的面上单独分离出来，组合键是【Ctrl+B】，如图 7-122 所示。

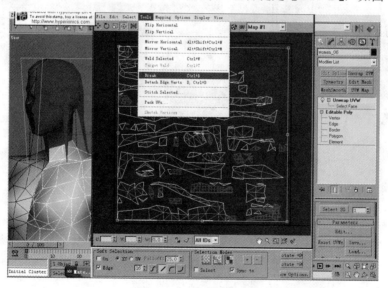

图 7-122　分离网格面

（29）将这些网格面移动到空白处，以便于后面的操作。这时移动就不会牵连别的网格面了，如图 7-123 所示。

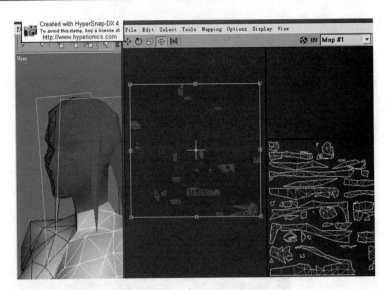

图 7-123　移动网格面到空白位置

（30）选中上嘴唇的面，UV 坐标视窗中相应的点就被选择了。把它们调整到认为合适的位置和角度。这时会看到一些呈紫色的点，这些就是原本与被选择点相连的点（选择物体有 3 种状态：点、线、面）。从嘴部向外扩散编辑，如图 7-124 所示。

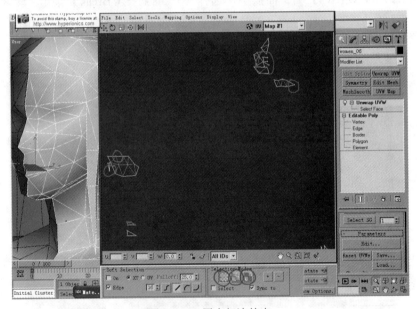

图 7-124　原本相连的点

（31）再选择下嘴唇的点，把它们移到上嘴唇的下方，通过选择【原本相连的点】来确定下嘴唇的角度，单击【Edit UVWs】编辑面板中的【移动】按钮◈和【旋转】按钮◯使上下嘴唇对位，如图 7-125 所示。

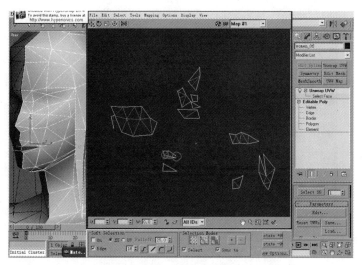

图 7-125　使上下嘴唇对位

（32）选择原本相连的点，用【Weld selected】命令焊接所选的点，组合键是【Ctrl+W】，如图 7-126 所示。

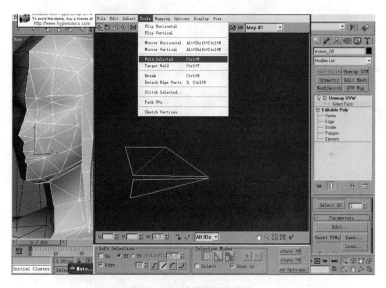

图 7-126　焊接所选的点

提示：移动点时应尽量保持网格面的原始形状。其实只要把 UV 坐标视窗中网格的形状调节得与模型中的一样，展的 UV 就是正确的，贴图就不会拉伸，这就是展 UV 的诀窍。也可以在 UV 坐标视窗中选择点，再找到与之相连的面，再缝合。

（33）继续选择嘴唇上方的点，可看到有个网格面上的点为紫色，说明这个面是与之相连的，如图 7-127 所示。把它移到嘴唇附近，准备缝合。选择另一个与嘴唇相连的点，发现这时网格面的角度是不对的，如图 7-128 所示。单击【移动】按钮和 ✛【旋转】按钮 ⟳ 将其调整到正确的位置，并缝合。

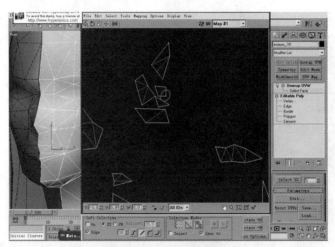

图 7-127　此点与红点相连

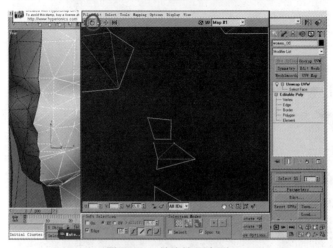

图 7-128　缝合这两个面

（34）就这样，依次将其它网格一一缝合，并把头发分离出来，最终头部的效果如图 7-129 所示。

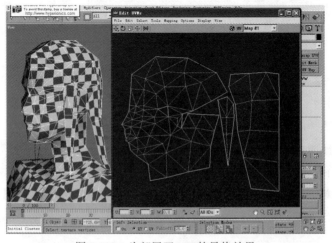

图 7-129　头部展开 UV 的最终效果

（35）拆分上身。依然选择上身的面，并将其分离出来，如图 7-130 所示。然后从一个面向外延伸缝合，如图 7-131 所示。最终的效果如图 7-132 所示。

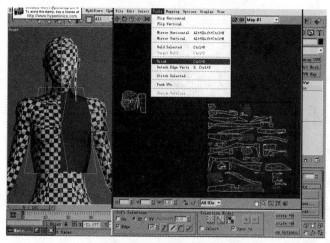

图 7-130　打断分离出面

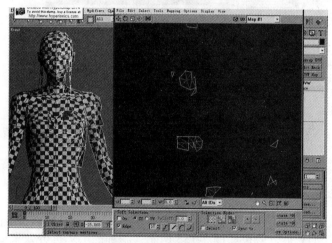

图 7-131　从此面向外扩展缝合

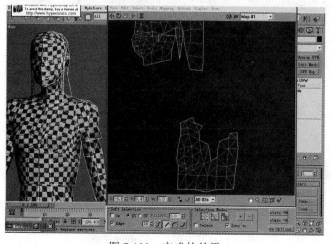

图 7-132　完成的效果

（36）胳膊和手的拆分 UV 效果分别如 7-133 和图 7-134 所示。注意要把接缝处理在内侧，不要暴露在外面。

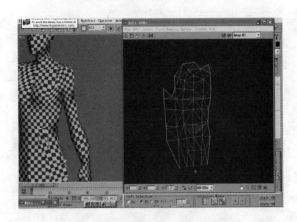

图 7-133 拆分手臂 UV 效果

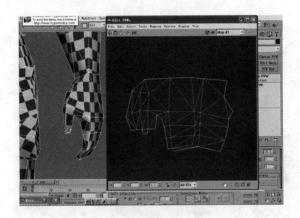

图 7-134 拆分手部 UV 效果

（37）裙摆处的 UV 拆分效果如图 7-135 所示；腿部的 UV 拆分效果如图 7-136 所示，接缝依然是在内侧（绿色线）；鞋表面与连接上的鞋底的拆分 UV 效果如图 7-137 所示。

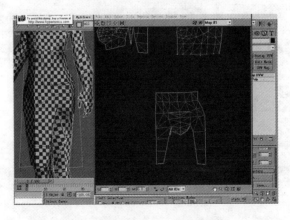

图 7-135 裙摆 UV 拆分效果

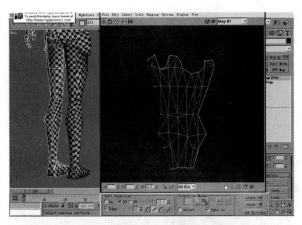

图 7-136　腿部的 UV 拆分效果

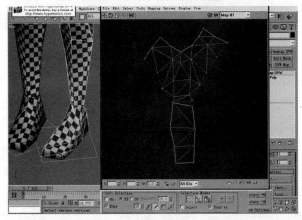

图 7-137　鞋表面与连接上的鞋底的 UV 拆分效果

（38）至此，角色模型 UV 全部拆分完成，如图 7-138 所示。最终需要的贴图是一整张，所以要把这些不同部分的 UV 都合理地安排在蓝色安全框内，尽量让它们的面积大而紧密，这样贴图就会更清晰了，如图 7-139 所示。

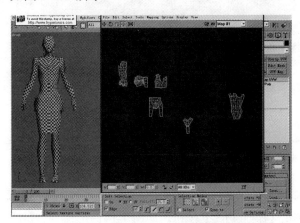

图 7-138　完成所有部分的 UV 拆分

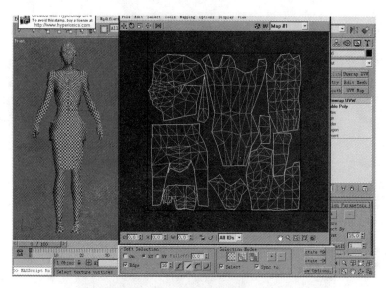

图 7-139　将 UV 合理的排列

提示：因为头部较显眼，也是最重要的部位，所以要把 UV 网格放大些。

（39）接下来的工作就是画贴图了。使用的软件是 Photoshop。在画贴图时，需要用拆分好的 UV 网格图抓屏到 Photoshop 中做为参考。把 UV 坐标的视窗最大化，然后按下键盘上的【Print Screen】（抓屏）键。然后打开 Photoshop，新建画布，用【Ctrl+V】组合键将抓屏后的 UV 网格图粘贴进来，用裁切工具沿蓝色安全框裁切一下，如图 7-140 所示。

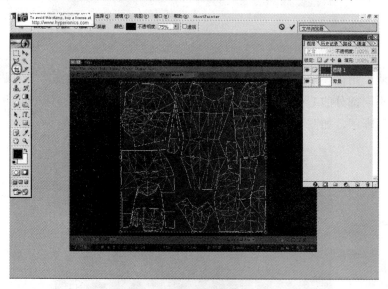

图 7-140　粘贴 UV 并沿蓝框裁切

（40）将图像的大小改为 1024×1024 像素。然后创建一个图层蒙板，只保留有用的线框。全选此图层并复制，单击【添加蒙板】按钮，如图 7-141 所示。按【Alt】键的同时用鼠标单击【蒙板图层】然后粘贴。现在已经可以只保留线框，看到下面图层了，如图 7-142 所示。

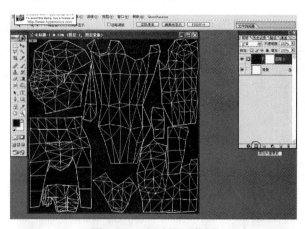

图 7-141　新建图层蒙板

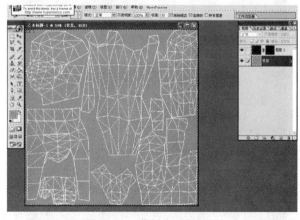

图 7-142　蒙板完成的效果

提示：如果使用插件就会更方便了。比如使用【Ghost Painter】插件，只需在 3ds max 中选择模型，然后在 Photoshop 中使用【Unwrap to path】命令就可以将模型的 UV 转变成 Photoshop 中的工作路径，并且还是矢量的图形，如图 7-143 所示。

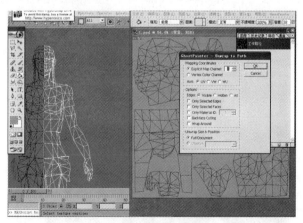

图 7-143　用插件转换矢量 UV 网格

（41）根据原画角色的装备，建立出相应的图层并为图层命名。然后参照原画填好各个部分的大体色块，如图 7-144 所示。接着就将此贴图赋予角色模型，在 3ds max 的视图中观察哪些地方的贴图效果不正确，再回到 Photoshop 中不断修改，如图 7-145 所示。

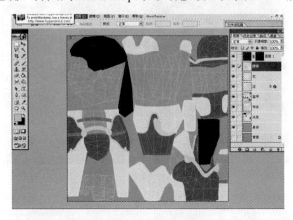

图 7-144　填充各个部分的大体色块

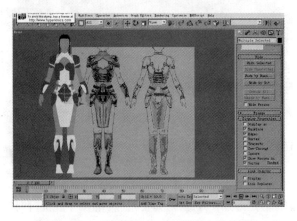

图 7-145　贴图在 3ds max 视图中的效果

（42）大形定位好以后，就要开始勾勒局部的细节了。这时仍需不断参照模型来定位，如图 7-146 所示。定位好以后，开始进行细节部分的刻画。一定要画出各部分的体积和质感，分别如图 7-147 和图 7-148 所示。

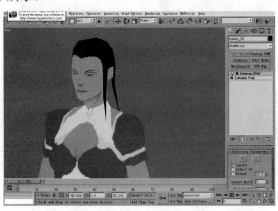

图 7-146　细部定位

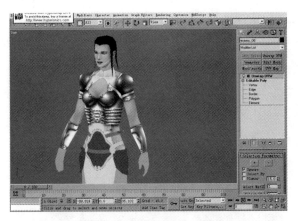

图 7-147　细节部分的刻画

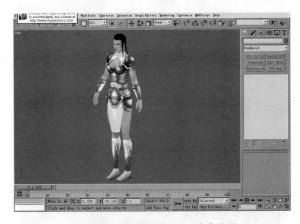

图 7-148　贴图的体例和质感效果

（43）下面刻画头发的效果。选定浅一些的头发颜色在高光处进行刻画，这时要使用涂抹工具画出头发的质感，如图 7-149 所示。要画出头发的发丝，就要用到通道。新建一个【Alpha】通道，使用黑色画出透明区域，如图 7-150 所示。

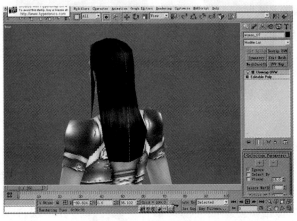

图 7-149　头发的效果

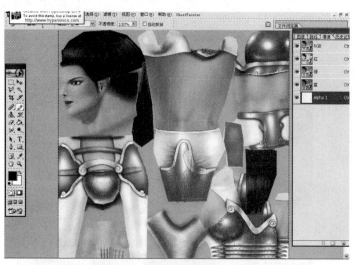

图 7-150　画出头发的透明通道

（44）画完后将贴图另存为 TGA 格式并选择 32 位像素。使用滤镜中的锐化工具整体锐化一下，使图像更加清晰。在 3ds Max 材质的漫反射贴图中使用绘制好的 TGA 贴图，并关联复制到透明贴图，选择下面的【Alpha】选项。这样，绘制的【Alpha】通道就起作用了，效果如图 7-151 所示。

图 7-151　通道贴图效果

（45）至此，贴图就算画完了，剩下的工作就是塌陷模型。选择两个模型，单击鼠标右键，塌陷为 Editable Poly（可编辑多边形）。选择其中一个模型后使用【Attach】命令结合另一个模型，将中间的共同点一一焊接，最后再将其塌陷成 Editable Mesh（可编辑网格）。这样游戏角色就算完成了。整个游戏角色模型的面数还不算太多，在游戏里运行起来就不会有什么问题，如图 7-152 所示。游戏角色的最终效果如图 7-153 所示。

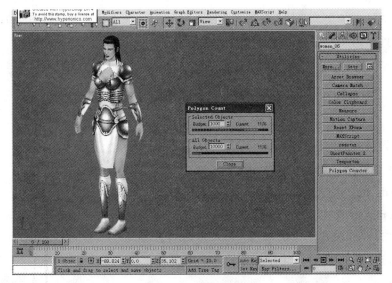

图 7-152　查看模型面数

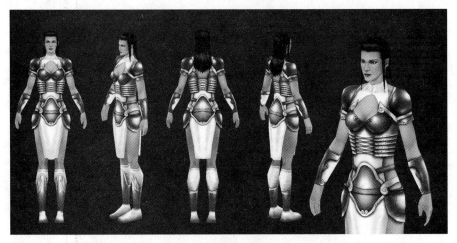

图 7-153　最终角色效果

　　提示：刚开始进行游戏模型的制作时，可能会有些不足，尤其是按照原画的要求来进行建模和拆分 UV 贴图。但随着不断的练习，熟练掌握了游戏制作的各项要求与技术点以后肯定会越来越成功。在游戏制作行业当中，在对整体游戏制作技术掌握的同时，还要有一些专长。因为在时下的游戏行业当中，往往一个游戏项目都是按组形成一个整体团队来制作的，每个人都各司其职，另外还要具有团队的合作精神，才能更好地适应这项工作。

总结：

　　在如今技术飞速发展的时代，无论是游戏、动画，还是电影技术都在日新月异地发展。美术是由技术的发展而发展的。现在的游戏画面更加清晰，甚至，我们在玩游戏时都有身临其境的感觉，动画和影视也开始进行更好的探索。如果没有技术上、硬件上的限制，它们都将会有高精度高质量的输出效果。正是在这种条件下，要满足商业上的需求，就要求美工人员要随技术的改进不断地学习和探索，以便做出更好的作品。

7.4　课后练习

1. 谈谈男性与女性身体比例的不同。
2. 分别谈谈男性与女性的重要特征。
3. 结合 3ds max 软件谈谈人体模型的重要特点。
4. 在 3ds max 软件中有什么布线要求。
5. 谈谈在动画、游戏、电影中不同角色建模的要求。
6. 谈谈 3ds max 软件游戏角色制作的几个主要流程及方法。